安田靫彦「良寛和尚像」(良寛記念館蔵)

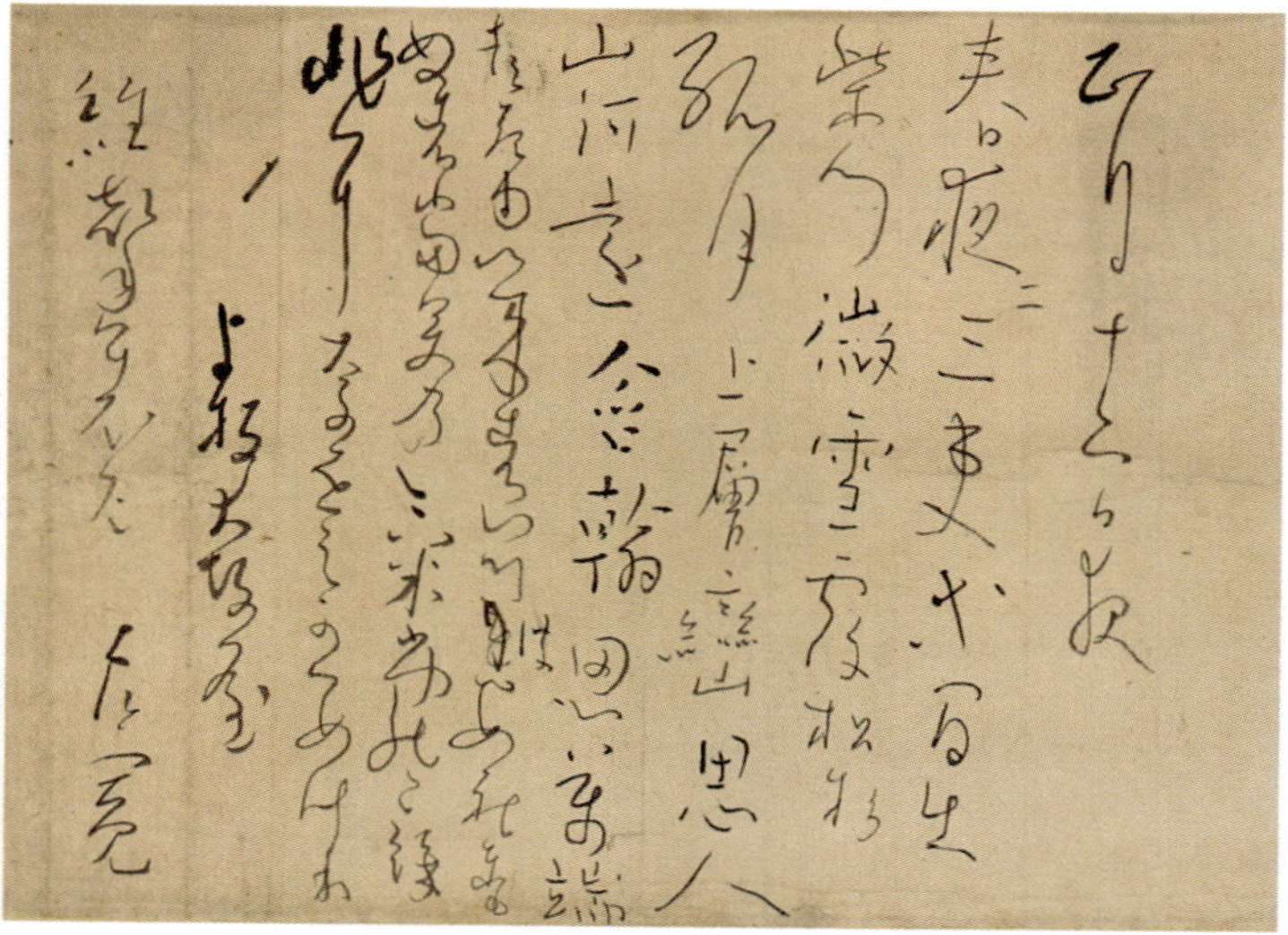

良寛遺墨「正月十六日夜」(新潟市美術館蔵)

ビギナーズ・クラシックス 日本の古典

良寛

旅と人生

松本市壽＝編

角川文庫
15670

◆はじめに◆

日本人なら誰でも、良寛さんの名を聞いただけで、子どもとかくれんぼをしたり手まりで遊んでいたやさしいお坊さんを想像します。思わず頬がゆるむ感じではないでしょうか。それほどよく知られています。

良寛さんが生まれたのは今から二百五十年ほど前の江戸時代の末期です。よく、トンチの一休さんと並んで話題にされますが、一休さんは良寛さんよりもさらに三百五十年くらい前の人で、時代が大きく離れます。

お寺の住職でもない良寛さんはどうしてこんなに有名なのでしょうか。

良寛さんの書いた毛筆の書はとても人気が高いのですが、そのほかたくさんの優れた和歌や漢詩などの作品があります。それらの詩歌は古くさいどころか、時代を超えて受け継がれ、現代人が忘れてしまった大切な生き方を教える多くのヒントにあふれています。私たちはここで良寛さんからその生き方を学びなおす必要があるのではないでしょうか。

本書はこれから良寛さんの生涯を知り、その詩歌に親しもうという人のための入門書となるように、良寛さんの和歌千四百余首、漢詩七百余首、俳句百八句の中から代表的な作品を選んで解説しました。

これによって良寛さんを知る手はじめとされるなら、編者にとってこんなにうれしいことはありません。

平成二十一年一月

松本市壽

●本書の原文は『定本良寛全集』（中央公論新社）に拠った。

◆目　次◆

乙子神社時代

晩年の島崎草庵

コラム　目次

付　録

良寛の生涯と詩歌

一　論語びたりの町名主の長男

良寛の幼名は山本栄蔵《やまもとえいぞう》である。生まれたのは越後《えちご》の出雲崎《いずもざき》（新潟県三島《さんとう》郡出雲崎町）で、出雲崎はその名が示すように、日本海に強大な勢力を誇った古代出雲族の北の拠点であった。現在も海岸沿いに続く長い港町が残る。その中央山側に鎮座する石井《いわい》神社は、出雲の大国主命《おおくにぬしのみこと》を主神として祀《まつ》っている。

良寛の生まれた山本家は屋号を橘屋《たちばなや》という回船問屋《かいせんどんや》であった。古くからの由緒正しい家柄であり、世襲によってこの地の町名主《まちなぬし》（市長）を受けつぎ、石井神社の神官を兼務する名門の格式と権勢を誇っていた。出雲崎は江戸時代に北前船《きたまえぶね》が寄港する港町で交易が盛んだったことに加え、佐渡金山《さどきんざん》から採掘される金銀の陸上げ港として栄えた。徳川幕府直轄の天領として代官所が置かれ、狭い土地でありながらも当時の港町はとても賑《にぎ》わっていた。

良寛こと栄蔵は橘屋山本家の長男として、宝暦《ほうれき》八年（一七五八）に生まれた。七人兄弟で、弟が三人、妹三人である。これだけの名家でありながら一族の正確な生年月日が不明なのは、のちに山本家が代官所の申し渡しで取りつぶされ、古い記録が散逸してしまったせいである。

栄蔵は七歳になると、出雲崎から六里（二十四キロメートル）ほど離れた地蔵堂（新潟県燕市《つばめし》）の漢学塾三峰館《さんぽうかん》へ近くの親戚《しんせき》中村家に下宿して通い、『論語』の素読を手始めに四書五経《ししょごきょう》などの儒学を学んだ。義務教育の制度のなかった当時は、学塾で学べるのは庄屋《しょうや》クラスの有力者の子弟に限られており、エリート教育であった。

幼少からの読書好きは血筋によるものか環境によるものか。栄蔵はひどく学問を好む少年だった。師の大森子陽《おおもりしよう》は江戸から帰ってきたばかりの若い熱血漢の教師で、自らの信ずる理想を懇切丁寧にしかも情熱的に教えたのである。

好きな勉学に打ちこめる機会に恵まれた栄蔵は、『論語』『孟子《もうし》』などの儒学や、『文選《もんぜん》』『唐詩選《とうしせん》』などの文学書を熟読し鑑賞する能力を養ったり、漢詩を作る演習に励んで学力を磨いたのであった。

『論語』に「子《し》曰《いわ》く、朝《あした》に道《みち》を聞《き》かば夕《ゆうべ》に死《し》すとも可《か》なり」とあるように、指導的な立場にある人が守るべき規範を教えるのが儒学である。栄蔵は「論語びたり」と呼ばれるくらいの論語マニアとして熱心に儒学を学んだことが伝えられている。良寛の漢詩を作る基礎になった学力や仏教の経典を読みこなす漢字の知識は、この時期に徹底して養われたのである。

元服した頃の栄蔵は、詩作するときの雅号《がごう》を「文孝《ぶんこう》」と名乗っている。この三峰館での同窓生は、のちに親密な友となる原田《はらだ》有則《ありのり》や解《け》良叔問《らしゆくもん》、与板《よいた》の三輪《みわ》佐市《さいち》などで、近隣の名家の子弟との友情もこのとき以来のものである。三峰館を支援した地蔵堂の大庄屋富取《とみとり》家の数人の兄弟も、すべてここで学んでいる。

栄蔵が十七歳になると、父の以南《いなん》（泰雄《やすお》）は出雲崎に呼びもどした。栄蔵に妻を迎え、名主見習役として名主の礼儀作法や実務に習熟させようとした。

しかし、名主見習役となった栄蔵は「名主の昼行灯《ひるあんどん》」と失笑されたほど実務にはうとく、失敗の連続であった。三峰館で学んだ理想と、代官所《だいかんしょ》や町方《まちかた》との交渉ごとのいずれもが、儒学の規範どおりには事が運ばない現実に次々と行きあたったのである。

二　家出したのち円通寺で修行

名門であっても斜陽の橘屋は、いつも金策で困窮していた。栄蔵の妻は近在の豪農関根《せきね》家の娘だったが、父の以南はその実家を足繁《あししげ》く訪ねて借金の申し入れを重ねたため、迷惑した関根家では娘を引き取ってしまう事態となった。つれ戻された栄蔵の妻は、まもなく若死している。

栄蔵の苦しい立場が頂点に達したのは、安永《あんえい》四年（一七七五）七月十一日の敦賀《つるが》屋《や》事件である。それは父の以南が配下の町年寄《まちどしより》の敦賀屋長兵衛《ちょうべえ》を呼びつけ、そこに名主見習役の栄蔵を同席させ叱責《しっせき》したことが発端となった。

これは言いがかりというべきもので、長兵衛が七夕《たなばた》の節句に町名主をさしおいたまま一刀《いっとう》を帯びた羽織袴《はおりはかま》姿で代官所へ出向き、表玄関から堂々と御祝儀の口上をのべたと聞き、後で知った以南がこれを咎《とが》めたのである。

以南にすれば、地蔵堂の富取家から婿入りして間もない敦賀屋の長兵衛が、町年寄ごとき分際でそんな出過ぎたことを仕出かすのは生意気だ、と長兵衛を牽制《けんせい》しておこうというつもりだった。あわせて栄蔵に対しては、町名主の威光をこのように示せと教えるつもりもあった。しかし、以南のこの思惑は完全に裏目に出た。

責められた長兵衛も黙ってはいない。翌日は代官所に訴え出て、以南の叱責は不当だと反抗したのである。代官所はこの対立を円満に和解させるよう調停したが、両家の溝は深まるばかりだった。町年寄といえば町名主を補佐する配下の役職なのだから、以南はおだやかに長兵衛を指導すべき立場にあるのに、言いがかりをつけて争ったことは、以南の度量の狭さをさらすだけの結果となった。

栄蔵にとって長兵衛は十歳も年長であり、共に三峰館で学んだ旧知の仲である。しかも富取家は地蔵堂の大庄屋で、大森子陽の三峰館を援助したスポンサーでもある。かつての親友を敵に回すような立場で、この先とうてい出雲崎の町名主は務められない。思いあまった栄蔵は悩んだ末、やがてひそかに家出を決行した。

覚悟の家出とはいっても、身のふりかたを相談する親友に三峰館時代の学友原田有則（鵲斎《じゃくさい》）がいた。栄蔵はしばらくの間、追手のおよばない会津《あいづ》（福島県）方面の柳津《やないづ》あたりまで逃走して時を待った。家を出るとき、栄蔵には寺に駆け込んで出家しようとの思いはあったろうが、口べらしのため小坊主が寺へ預けられるのとはちがい、名主見習役までつとめた大家《たいけ》の息子が簡単に寺へは入れないと知り、二重の絶望に見舞われたであろう。

やがて縁故を頼り出家の意志は曲げられないと親に伝えている。その間《あいだ》に入って取りなす人があり、親の許しが得られると共に、橘屋の後継者は弟の由之《ゆうし》（泰儀《やすよし》）と決まった。後顧の憂いを晴らした栄蔵は、尼瀬《あまぜ》の曹洞宗光照寺《そうとうしゅうこうしょうじ》に身を寄せたのである。

安永八年（一七七九）五月、備中玉島《びっちゅうたましま》（岡山県倉敷市《くらしき》）の円通寺《えんつうじ》から来た国仙和尚《こくせんおしょう》に引き合わされた栄蔵は、「良寛」の法号《ほうごう》を与えられ、ようやく念願の出家得度《とくど》することができた。

それにしても、ようやく二十二歳で人生の再スタートを切った栄蔵のその後の道のりは、けっして平坦《へいたん》なものではなかった。国仙和尚について玉島の円通寺に入り、良寛はここで足かけ十二年にわたり厳しい禅僧としての修行に明け暮れた。

三　寺に入らず托鉢する乞食僧

円通寺の修行と生活は規律に則《のっと》った厳しいものであった。円通寺は曹洞宗の修行道場で、曹洞宗は道元《どうげん》（一二〇〇～一二五三）を宗祖とする禅寺である。座禅を中心とした教えに加えて、自給自足のための労働（作務《さむ》）を重んじるものである。

　円通寺を開いたのは徳翁良高《とくおうりようこう》で、良高は宇治《うじ》の万福寺《まんぷくじ》を創建した隠元《いんげん》和尚（一五九二～一六七三）の黄檗禅《おうばくぜん》の影響を受けている。その頃の円通寺は、座禅と共に木魚《もくぎょ》を叩《たた》き鉦《かね》を鳴らしながら「南無阿弥陀仏《なむあみだぶつ》」の念仏を唱えるという、いわば「自力と他力を兼修する教義」であった。

　また毎月一日と十三日には円通寺の門前の町を托鉢《たくはつ》して回る。ありがたい仏法の恵みを里の家々に「布施《ふせ》」して回り、その志に応じて米麦や銭などの「喜捨《きしゃ》」をいただくのが托鉢であり、仏法ではこれを「乞食行《こつじきぎょう》」とも呼んで、釈尊《しゃくそん》以来の大切な務めとしている。良寛はこの托鉢によって露命をつなぎ、ひとりで生きるという僧の生活スタイルを、生涯かけてつらぬくことになる。

　修行時代に特筆すべきは、越後にあった曹洞宗観音院《かんのんいん》の宗龍《そうりゆう》和尚と出会い、その夏安居《げあんご》（90日間のお籠《こも》り行）に参列して宗龍から教えを受けたことである。宗龍は道元が提唱する「糞掃衣《ふんぞうえ》」の精神を重んじ、寺に住む僧の堕落を強く戒めていた。

　国仙和尚から「印可《いんか》の偈《げ》」（禅僧の修了証）を与えられた良寛は、そのまま円通寺を後にする。どこかの寺の住職となるべく働きかけた気配もない。寛政《かんせい》七年（一七九五）に、父の以南が京都の桂川《かつらがわ》に投身自殺した。その消息を知ったか良寛は、その翌年ごろ故郷越後の郷本《ごうもと》（長岡市寺泊《てらどまり》）に無名の旅の僧として帰還した。生家橘屋を避け、そのまま托鉢行脚《たくはつあんぎゃ》を続けながら、やがて国上山《くがみやま》の五合庵《ごごうあん》に住みついたのである。

四　国上山に住んで仏道の実践

良寛といえば五合庵といわれるくらいに有名だが、五合庵は真言宗国上寺《しんごんしゅうこくじょうじ》の阿弥《あみ》陀《だ》堂を再興した万元《まんげん》上人の隠居屋として建てた古い庵《いおり》であって、宗派の異なる良寛のためのものではない。空いていれば風通しをかねて良寛が住まわせてもらったが、国上寺の隠居がある時はよその空庵を転々としなくてはならなかった。

五合庵は杉の木立に囲まれた小さな庵で、夏は涼しくとても快適な住居である。しかし夏の蚊《か》や蠅《はえ》などに悩まされたり、冬の寒さはまた格別だった。それでも良寛は五合庵が大のお気に入りで、約二十年間ここを本拠にした。

宿借り坊主の良寛は、里におりて越後西蒲原《にしかんばら》の里の家を一軒ずつ托鉢に回るのが生活の基本スタイルであった。托鉢は戸ごとにお経をとなえる。それは「法施《ほっせ》」、つまり仏法のありがたい功徳《くどく》を布施してまわる行である。それに応《こた》えて里の家からは米麦などの「喜捨《きしゃ》」が与えられる。ただ米麦をもらうためだけではなく、その前に僧の側から先手の奉仕ともいうべき布施を供与する必要があった。

家によっては無愛想に、しかも慳貪《けんどん》に追い払われることもある。托鉢する僧はそんな対応にもじっと耐える「忍辱《にんにく》」の精神が求められ、柔和な態度で人びとに接しなければならない。そうした交流が布教の基本である。

当時は幼稚園や小学校もない時代だから、里のいたるところに大勢の子どもがたむろして遊んでいた。はじめは良寛にいたずらをしていたが、良寛がすすんで子どもと一緒に遊ぶようになると、やがて良寛は子どもたちの人気者になった。

手まりつき、おはじき、かくれんぼなど、子どもの喜ぶ遊びの輪の中で良寛が先に立って遊ぶことは、ちょうど現代の託児所や幼稚園のような役まわりを引き受けることになる。それも良寛が自覚して実践した「布施」行であった。

良寛がめざしたのは、仏法が人びとの中へと直接に柔らかい形で入っていくその現場に立とうということである。子どもを仏さまと見て、徹底して一緒に遊ぶという態度もそうであるが、托鉢に回る家の老人にお灸《きゅう》をすえてあげたり、マッサージをしたりと介護にも意を尽くした。時には老婆の愚痴をも、とことん聴いて慰めるという無畏施《むいせ》（不安を解消する）の布施行もつとめている。

五　花開く詩歌と書芸

良寛は里の人びととわけへだてなく交流した。そのすぐれた詩歌は、知友で医者の原田鵲斎、大地主の解良叔問、庄屋《しょうや》の阿部定珍《あべさだよし》など有力者の認めるところとなり、彼等とのつきあいからも作品が生まれた。そうした良寛の噂《うわさ》を聞いて、江戸から国学者の大村光枝《おおむらみつえ》や儒者の亀田鵬斎《かめだぼうさい》らが国上山の五合庵を訪ねてきた。詩歌や書をめぐって活発な意見が交わされ、五合庵は詩歌サロンの趣を呈するほどだった。

良寛は、折おりの思いを和歌に詠《よ》み、漢詩を作った。それを筆で書いた墨跡《ぼくせき》もすばらしく、当時からすでに良寛の書だからと奪い合いになるほど珍重された。良寛の信条を今に知ることができるのも、それら名筆が大切に保存されてきたからである。

良寛の漢詩は、少年時代に大森子陽の漢学塾三峰館で『唐詩選』をテキストにして学び、実際の詩作演習で子陽先生から添削指導を受けたことがその基礎にある。

少年時代の良寛は、唐詩を訓読するときの名調子とその魅力に早くからなじんでいた。

少年時代から玉島の円通寺修行時代にかけての良寛が書いた詩稿は残っていない。しかし、最初の自筆詩集『草堂集貫華《そうどうしゅうかんげ》』の冒頭には詩題「円通寺」の五言八句詩がある。仏道修行を皮切りに信州《しんしゅう》、善光寺《ぜんこうじ》、糸魚川《いといがわ》など道中詠を経て故郷に帰り、旧友を尋ね、五合庵を根拠地にする托鉢の生きかたを描いた有題詩をならべた。

また、良寛詩は無題の「雑詩」が圧倒的に多い。雑詩は陶淵明《とうえんめい》の頃より、もとは詩題にこだわらぬ即興的な詩として扱われたが、情感をもとにした和歌よりも、折々の思索・主張・教訓・勧戒・真情など、仏教および哲学的な思想の表現にふさわしい詩型として良寛が特用した形式である。

良寛の和歌は、円通寺での修行時代に師の国仙和尚から手ほどきを受けてめざめたものである。しかし、この時代の作品は残っていない。知られている限り良寛が歌を作り出すのは、円通寺をはなれてからである。

良寛の俳句は、ここぞというときの寸言をウイットの利いた俳句に仕立てたものがあるが、句数は多くはない。これは父の以南が「北越蕉風中興の祖《ほくえつしょうふうちゅうこう》」とおだてら

れ、町名主《まちなぬし》の政務を放擲《ほうてき》してまで俳諧《はいかい》にのめりこみ、良寛の母おのぶに苦労をかけ

たことへの反感も手伝っていたか。帰郷途次の旅日記として、俳句をまじえた紀行

文の断片が残っている。そして、ひとり野宿の旅の思いを短歌に詠みとめたものが

続く。

国仙和尚の歌風は、たとえば「紫《むらさき》の雲居《くもゐ》をよそに立《た》ち去《さ》りて蓮《はちす》が宿《やど》に住《す》むぞ楽《たの》し

き」といった、当時の歌壇の主流であった伝統的な堂上派《どうじょうは》の歌風である。この堂上

派とは、二条家《にじょうけ》歌学を受け継いだ細川幽斎《ほそかわゆうさい》（一五三四～一六一〇）以来の、古今伝《こきんでん》

授《じゅ》を伝えた公家《くげ》歌人の系統をいう。良寛もまた、当初は師とほぼ同様の歌風であっ

たろう。

現在残された良寛の歌の最初期のものとして、自筆歌稿『ふるさと』の六十一首

がある。良寛の初期の歌には、『新古今集』『古今集』などの影響が大きい。また、

三句切れが多く、末尾を「つつ」「とは」で結ぶ用法と格助詞「の」の多用などは、

堂上派の歌の影響である。

なお、『新古今集』の歌人のなかでも、良寛はとりわけ西行《さいぎょう》（一一一八～一一九

〇）にあこがれ、技巧的な面ではなく、西行の「何ごともかはりのみゆく世の中に

おなじ影《かげ》にて澄《す》める月《つき》かな」などの歌から精神的に大きな影響を受けている。のちに良寛の歌は『万葉集』から多くを学んでおり、良寛といえば万葉調とまでいわれるようになった。晩年になるほど枕詞《まくらことば》を多用し、長歌や旋頭歌《せどうか》を多く作った。それらの歌の特長は、「万葉調の中の良寛調」とも呼ばれている。

文化七年（一八一〇）生家橘屋の町名主を継いだ弟由之と、町民との七年にわたる訴訟争いの判決は、由之が敗れて「財産没収と出雲崎から追放」という厳しいものだった。名門橘屋はここに消滅したのである。

世俗の世界を離れていた良寛にも、そのショックは大きかったのだろう。これを契機としたのか良寛は、まもなく詩集『草堂集貫華』を編み、つづいて歌集『ふるさと』を編んでいる。名門橘屋は滅亡したが、そこで生まれた良寛は、せめてその精神の砦《とりで》ともいうべき詩歌集を残しておこうという気持ちがあったであろう。

文化《ぶんか》十三年（一八一六）五十九歳の良寛は、国上山の麓《ふもと》にある乙子《おとこ》神社の草庵《そうあん》に移住する。ここは村里との往き来もらくであり、子どもたちもよく遊びにきてくれた。草庵とはいっても、乙子神社の物置きをかねた社務所のような建物で、良寛はそこで宮守《みやもり》のようにして住んだのである。

秋の夜長など、ひとりで過ごすことの多かった良寛は、行灯《あんどん》の下《もと》で和歌や漢詩を作り、万葉集を研究したり書の練習に余念がなかった。とりわけ乙子草庵に移ってからの詩歌や書芸はすばらしい進境を見せている。

良寛の評判が広まると、長岡藩主の牧野忠精《まきのただきよ》がわざわざ乙子草庵を訪れて、「長岡に来ぬか」と申し入れた。しかし、良寛は無言のままで「たくほどは風《かぜ》がもてくる落葉《おちば》かな」の句を示し、これを断る意志を表明したという。

六　晩年の貞心尼との出会い

三十年間も住んだ国上山をおり島崎の木村家に移ったのは、文政《ぶんせい》九年（一八二六）六十九歳の暮れである。しかし、里の騒々しさにとまどい、翌年の夏は寺泊の照明寺密蔵院《しょうみょうじみつぞういん》に仮寓《かぐう》して、修行僧のような規則正しい生活を送った。

その島崎の留守宅に、思いもかけず若くて美しい貞心尼《ていしんに》が訪ねてきた。貞心尼は良寛より四十歳も若く、いちど医者との結婚に失敗して尼僧になった女性で、長岡近くの閻魔堂《えんまどう》に住んでいたが、良寛を慕ってやってきた。おみやげに持参した手まりと短歌一首を書き置き、木村家に預けている。

その秋、木村家に戻った良寛から返事をもらい、再び貞心尼は訪ねてきた。貞心尼は和歌をよくしたから、良寛に歌で問いかけ、仏法についての問答のやりとりをし、いつしか男女の情愛の表現も加わった歌集を残した。貞心尼は閻魔堂の庵主《あんじゅ》でもあり、良寛の法弟とはいうものの時おり訪ねてくる関係にすぎなかったが、二人の仲はきわめて親密なものとなった。

のちに貞心尼が編んだ歌集『はちすの露《つゆ》』には、良寛の歌九十四首と、貞心尼と良寛が出会ってから良寛が臨終にいたるまでの二人の唱和の歌六十首が収められている。これらを鑑賞すれば、良寛が七十歳をこえてもなおみずみずしい、やわらかな心の持ち主であったことがわかって教えられるものがある。

島崎に移ってからの良寛は、歌集『くがみ』に二十六首を編んでいる。これには長歌が多くなった。また、流麗な墨跡《ぼくせき》の需《もと》めに応じるかのように、長歌「月の兎」のバリエーションの数首を歌巻に制作した遺墨も残されている。

文政十一年（一八二八）十一月、近くの三条《さんじょう》に大地震が起こり大きな被害が出た。島崎の良寛は無事だったものの、三条の宝塔院《ほうとういん》住職の隆全《りゅうぜん》和尚や与板の親戚《しんせき》山田杜皐《やまだとこう》には見舞いをかねて安否を問う手紙を送った。

良寛は、天保《てんぽう》元年（一八三〇）の夏ごろから腹痛と下痢を訴えて床に臥《ふ》す。直腸ガンをわずらっていた。それでも病間には、親戚と知友を訪ねた。師走《しわす》になり危篤の知らせが走った。明けて正月六日の午後四時ごろ、親しい者たちの見守るなかで静かに息をひきとった。享年七十四、当時としては長命である。葬儀には良寛を慕う里びとの長蛇の列が続いた。その墓は今も、近くの浄土真宗隆泉寺《じようどしんしゆうりゆうせんじ》の木村家墓地にある。

修行から帰郷へ

玉島の円通寺

◆故郷《ふるさと》をめざす——ふるさとへ行《ゆ》く人《ひと》あらば

ふるさとへ　行《ゆ》く人《ひと》あらば　言《こと》づてむ《ン》　けふ《キヨウ》近江路《あふみぢ》《オウミジ》を　我越《われこ》えにきと
山《やま》おろしよ　いたくな吹《ふ》きそ　白妙《しろたへ》《シロタエ》の　衣片敷《ころもかたし》き　旅寝《たびね》せし夜《よ》は
思《おも》ひ《イ》きや　道《みち》の芝草《しばくさ》　打《う》ち敷《し》きて　今宵《こよひ》《コヨイ》も同《おな》じ　仮寝《かりね》せむ《ン》とは

故郷《ふるさと》の越後《えちご》へと急《いそ》いで行《い》く人《ひと》があったなら、私《わたし》も今日《きょう》ようやく近江路《おうみじ》を越《こ》えたところだと、故郷《ふるさと》の人《ひと》に伝《つた》える言葉《ことば》を託《たく》すことにしよう。

山《やま》の上《うえ》から吹《ふ》き下《お》ろす風《かぜ》よ、あまりひどく吹《ふ》かないでおくれ。今夜《こんや》は旅《たび》の途中《とちゅう》で、自分《じぶん》の着物《きもの》の片袖《かたそで》を敷《し》いてひとり寝《ね》をしているのだから。

旅《たび》を続《つづ》けながら、道端《みちばた》の雑草《ざっそう》を寝床代《ねどこが》わりに敷《し》いて、今夜《こんや》も前《まえ》の夜《よる》と同《おな》じように野宿《のじゅく》をしようと思《おも》ったであろうか、いやそうは思《おも》わなかったのに。

✿自筆歌集『布留散東《ふるさと》』（六十一首）の巻頭に置いた三首。「ふるさとへ」の歌には詞書《ことばがき》「近江路《あふみぢ》をすぎて」がある。近江路は滋賀県の琵琶湖《びわこ》東岸沿いの路をいう。良寛が故郷越後《えちご》（新潟県）に向けて歩いている旅の途中に詠《よ》んだものだが、二首目は「赤穂《あこう》」で三首目は「韓津《からつ》（姫路）」と並んでいる。歌の配列は旅程の順になっていないことに気づく。しかし、歌集の名も『布留散東』（故郷）であり、いよいよ私（良寛）が意を決し、故郷めざして歩きはじめたのですよ、の思いを宣告する意味で巻頭に置いたか。「山おろしよ」の歌は「あこうてふところにて天神《てんじん》の森《もり》に宿《やど》りぬ　小夜《さよ》ふけ方《かた》　嵐《あらし》のいと寒《さむ》う吹《ふ》きたりければ」と詞書があり、赤穂の天神の森に野宿したときの歌。「白妙の」は「衣」の枕詞《まくらことば》。「思ひきや」の歌は「次《つぎ》の日《ひ》は　韓津《からつ》てふ所《ところ》に到《いた》りぬ　今宵宿《こよひやど》の無《な》ければ」の詞書で、ここでも野宿した。「韓津」は現在の兵庫県姫路市的形町《まとがたちょう》福泊《ふくどまり》。

★枕詞《まくらことば》・序詞《じょことば》

和歌の表現技法の一つ。『万葉集』に多く見られる。ある語句を導き出すために、その語句の直前に置かれる五音のことば。ふつうは現代語訳では省かれるが、歌の調子を構成上からも気分的にも整える働きがある。その起源は古く、掛かる語句に対して呪術《じゅじゅつ》的な意味をこめた名残《なご》りである。同じような表現技法に、枕詞よりも音数の多い序詞があるが、これはそのつど自由に作られる。良寛はこのいずれも愛用したが、良寛の歌に出てくるおもな枕詞を次に示す。

あしひきの【足引きの】⇩山
あさもよし【麻裳よし】⇩君・紀
あづさゆみ【梓弓】⇩春・張る
あまづたふ【天伝ふ】⇩日
あらがねの【粗金の】⇩土
あらたまの【新玉の】⇩春・年・月
いそのかみ【石の上】⇩古
うつせみの【空蟬の】⇩世・人・命
かすみたつ【霞立つ】⇩春日
からごろも【唐衣】⇩裁つ

くさまくら【草枕】⇩旅
さすたけの【さす竹の】⇩君
しきしまの【敷島の】⇩大和
しろたへの【白妙の】⇩衣・袖
たまきはる【玉きはる】⇩命
たまぼこの【玉桙の】⇩道
たらちねの【垂乳根の】⇩母・親
ちはやぶる【千早振る】⇩神
ぬばたまの【射干玉の】⇩夜・今宵・夢

はるがすみ【春霞】⇩立つ・春日
ひさかたの【久方の】⇩雨・雪・空
みづどりの【水鳥の】⇩浮きね・鴨
むらぎもの【村肝の】⇩心
やまたづの【山たづの】⇩向ひ
ゆふつづの【夕星の】⇩「か行きかく行き」
わかくさの【若草の】⇩妻

◆旅寝《たびね》の宿《やど》にて——浜風《はまかぜ》よ心《こころ》して吹《ふ》け

浜風《はまかぜ》よ　心《こころ》して吹《ふ》け　ちはやぶる　神《かみ》の社《やしろ》に　宿《やど》りせし夜《よ》は

笹《ささ》の葉《は》に　ふるや霰《あられ》の　ふるさとの　宿《やど》にも今宵《こよひ》《コヨイ》　月《つき》を見《み》るらむ《ン》

草枕《くさまくら》　夜《よ》ごとに変《か》は《ワ》る　宿《やど》りにも　結《むす》ぶは同《おな》じ　ふるさとの夢《ゆめ》

浜《はま》から吹《ふ》いてくる風《かぜ》よ、私《わたし》にひどくわびしい思《おも》いをさせないように、気《き》をつけて吹《ふ》いておくれ。せめて神様《かみさま》を祭《まつ》った建物《たてもの》をお借《か》りして泊《と》まった夜《よる》くらいは。

笹《ささ》の葉《は》に音《おと》をたてて霰《あられ》が散《ち》っているが、今《いま》ごろふるさとの家《うち》でも、今夜《こんや》の美《うつく》しい月《つき》を、自分《じぶん》と同《おな》じように眺《なが》めていることであろうなあ。

今《いま》は旅《たび》を続《つづ》けているので毎晩《まいばん》泊《と》まるところが違《ちが》うけれども、夢《ゆめ》に見《み》るのは、いつでもどこでも同《おな》じように懐《なつ》かしいふるさとのことであることよ。


✿「浜風よ」の歌には詞書《ことばがき》に「明石《あかし》」とある。「明石」は兵庫県明石市。「ちはやぶる」は「神」の枕詞《まくらことば》。「ちはやぶる神の社に」は『万葉集』巻四に「ちはやぶる神の社にわが掛けし幣《ぬき》は賜《たば》らむ妹に逢《あ》はなくに」がある。冷たい風に当たってわびしい思いにさせないでくれと、浜風に向かって訴えている。

「笹《ささ》の葉に」の歌は詞書に「有馬《ありま》の何《なに》てふ村《むら》に宿《やど》りて」(有馬のどこかの村に泊まって)とある。「有馬」は現在の兵庫県神戸市北区有馬。「笹の葉にふるや霰《あられ》の」が「ふるさと」の序詞《じよことば》で、「ふる」が「降《ふ》る」と「故《ふる》」の掛詞《かけことば》になっている。「笹の葉にふるや霰の」の用例に『千載和歌集《せんざいわかしゆう》』巻一五の「笹の葉にあられ降る夜の寒けきはひとりは寝なむものやは思ふ」がある。

「草枕《くさまくら》」の歌は「故郷《こきやう》を憶《おも》ふて」の詞書がある。「草枕」は旅路にあることを表わすとともに、「結ぶ」にも枕詞のようにかかる。

以上の三首は連記ではないが、どこで野宿しても、夢に見るのはふるさとばかりであると、しきりに望郷の思いにかられている。

★掛詞《かけことば》

言葉の同音異義を利用して、一つの言葉に二つ以上の意味を持たせる技法である。おもに韻文に用いられる修辞法。

たとえば、「降る」に「古《ふる》」を掛けたり、「待つ」に「松」を掛けたり、「掻《か》き」と「書き」を掛けたりするなど。ちょっと見にはダジャレのようであるが、笑いを取ることが目的ではなく、歌により多くの内容を盛りこもうとするためである。

掛詞は時代が下ると似たようなものに固定する傾向が現れる一方で、和歌・連歌・俳諧《はいかい》・狂歌などばかりでなく、軍記物語・謡曲・浄瑠璃《じょうるり》・俗謡のような音曲的な文章でもたいせつな修辞法として用いられるようになった。

◈名勝《めいしょう》に遊《あそ》ぶ——眺《なが》むれば名《な》も面白《おもしろ》し

眺《なが》むれば　名《な》も面白《おもしろ》し　和歌《わか》の浦《うら》　心《こころ》なぎさの　春《はる》に遊《あそ》ばむ《ン》

伊勢《いせ》の海《うみ》　浪静《なみしづ》《シズ》かなる　春《はる》に来《き》て　昔《むかし》のことを　聞《き》かましものを

海辺《うみべ》を眺《なが》めながら和歌《わか》の浦《うら》の名《な》を思《おも》い浮《う》かべると、いっそう風流《ふうりゅう》な思《おも》いがある。心《こころ》なごむこの春《はる》のすばらしい波打《なみう》ちぎわで、こころ行《ゆ》くまで楽《たの》しむことにしよう。

波静《なみしず》かな春《はる》の伊勢《いせ》の海岸《かいがん》にやってきてみると、日本《にほん》の古《ふる》いことが思《おも》われ、遠《とお》い昔《むかし》のことを波《なみ》から聞《き》きたいと思《おも》うことだよ。

✻「和歌の浦」は和歌山市南方の海岸一帯にひろがる景勝地で、良寛も諸国放浪の旅で和歌の浦へも足をのばしたか。

「なぎさ」は、心が「和《な》ぐ」と「渚《なぎさ》」の掛詞《かけことば》。この頃の歌は掛詞が多い。

　和歌の浦での歌はもう一つある。

ひさかたの　春日《はるひ》に芽《め》出《で》る　藻塩草《もしほぐさ》　かきぞ集《あつ》むる　和《わ》歌《か》の浦《うら》わは
（暖かい春の日射しで芽が出て、心ひかれる藻塩草を掻《か》き寄せるように、昔からこの和歌の浦では多くの歌が作られ、書き集められていることだ）

「ひさかたの」は天空に関係ある語（ここでは「日」）にかかる枕詞《まくらことば》。「芽出る」は「愛《め》でる」との掛詞。藻塩草は、海水から塩をとるときの藻草。「ひさかたの春日に芽出る藻塩草」までが「かき」の序詞《じょことば》となっている。そして「かき」は「掻き」と「書き」の掛詞でもある。

「伊勢《いせ》の海」は伊勢神宮や二見浦《ふたみがうら》のある三重県伊勢市付近である。

　良寛の生まれた出雲崎《いずもざき》海岸から見える日本海の波とは趣がちがい、歴史的な由緒に富む名勝を散策する良寛の思いがこもる。「昔のことを聞かましものを」にそれが表われている。

和歌の浦

◈歌枕《うたまくら》の地《ち》に——須磨寺《すまでら》の昔《むかし》を問《と》へば

須磨寺《すまでら》の　昔《むかし》を問《と》へ《エ》ば　山桜《やまざくら》
つとにせむ《ン》　吉野《よしの》の里《さと》の　花《はな》がたみ
黄金《こがね》もて　いざ杖《つゑ》《ツエ》買《か》は《ワ》ん　さみつ坂《ざか》

はるばるとやってきて須磨寺《すまでら》に参拝《さんぱい》し、源平合戦《げんぺいがっせん》のころのことなど尋《たず》ねてみると、それに呼応《こおう》するかのように、山桜《やまざくら》の花《はな》びらがはらはらと散《ち》りかかることだ。

桜《さくら》で有名《ゆうめい》な吉野《よしの》へ来《き》てみると、その里《さと》では花《はな》や草《くさ》などを入《い》れる可愛《かわい》い小《ちい》さな籠《かご》を作《つく》っている。これはまことに吉野《よしの》にふさわしいから、よい土産《みやげ》の品《しな》として買《か》って帰《かえ》ることにしよう。

高野山《こうやさん》へお詣《まい》りするため、このさみつ坂《ざか》まで登《のぼ》って来《き》た。そこで里《さと》の子《こ》どもが、青竹《あおたけ》のままの杖《つえ》を売《う》っている。その気持《きも》ちを憐《あわ》れみ、乏《とぼ》しいお金《かね》をはたいて杖《つえ》を買《か》い、さあ山《やま》に登《のぼ》ることにしよう。

✻「須磨寺《すまでら》」の季語は「山桜」で春。一般に「須磨紀行」と呼ばれる良寛の紀行文中に「よしや寝む須磨の浦わの波枕《なみまくら》」の句とともに詠《よ》まれた。須磨は歌枕の地である。諸国放浪中であったか、帰郷の途中であったかはっきりしない。ここでも綱敷天神《つなしき》に野宿したらしい。

「つとにせむ」の句は無季。「吉野《よしの》紀行」と呼ばれる紀行文中にある。有名なあこがれの吉野に来て、蔵王権現《ざおうごんげん》の桜の散るのを惜しみ、その花びらを拾って入れる「花がたみ」という小さな籠《かご》を見つけこれを土産にしようと喜んでいる。

「黄金《こがね》もて」の句も無季。この句は「高野道中、衣《ころも》を買はんとして銭《ぜに》に直《あた》らず」と題する漢詩とともに記された。句の前には、「さみつ坂といふところに、里の童《わらべ》の青竹の杖をきりて売りゐたりけれバ」と。「いざ」には、多様な意気ごみがある。

高野山の根本大塔

★歌枕《うたまくら》

和歌にしばしば詠《よ》まれる名所のことを、歌枕とよぶ。

その名所の地名は、『古今和歌集』から『新古今和歌集』までの八代集に詠まれたものを根幹とし、そのほか『源氏物語』『伊勢物語』などに現れた地名など二〇〇〇以上にもおよぶ。

だが、歌枕はただの地名ではなく、吉野には桜、富士には煙というきまりが次第に固定化された。これを「本意」と呼んで組み合わせを変えてはならなかった。逆に言えば、現実をまったく知らなくとも、本意を知っていれば仮想現実の歌枕を詠みこなすことができたのである。

◆禅寺修行《ぜんでらしゅぎょう》——円通寺《えんつうじ》に来《きた》りてより

円通寺《えんつうじ》に来《きた》りて自《よ》り
幾度《いくたび》か冬春《とうしゅん》を経《へ》たる
衣垢《いあか》づけば聊《いささ》か自《みずか》ら濯《あら》ひ《イ》
食尽《しょくつ》くれば城闉《じょういん》に出《い》づ《ズ》
門前《もんぜん》千家《せんか》の邑《ゆう》
更《さら》に一人《いちにん》をも知《し》らず
曾《かつ》て高僧《こうそう》の伝《でん》を読《よ》むに
僧可《そうか》は清貧《せいひん》を可《か》とせり

自来円通寺
幾度経冬春
衣垢聊自濯
食尽出城闉
門前千家邑
更不知一人
曾読高僧伝
僧可可清貧

円通寺《えんつうじ》に来《き》て修行《しゅぎょう》するようになってから、もう何年《なんねん》が過《す》ぎたであろうか。
着物《きもの》が汚《よご》れれば気楽《きらく》に自分《じぶん》で洗濯《せんたく》するし、食《た》べ物《もの》がなくなれば町《まち》に出《で》かけて托鉢《たくはつ》をする。門前《もんぜん》は数多《かずおお》くの家《いえ》が並《なら》ぶにぎやかな町並《まちな》みだが、修行中《しゅぎょうちゅう》の私《わたし》を格別《かくべつ》に理解《りかい》し庇護《ひご》してくださる方《かた》は一人《ひとり》もいない。以前《いぜん》に高僧《こうそう》といわれる人《ひと》の伝記《でんき》を読《よ》んだが、そこには清貧《せいひん》な生活《せいかつ》をよろしいとされた禅宗二《ぜんしゅうに》祖《そ》の慧可《えか》禅師《ぜんじ》の生涯《しょうがい》が記《しる》されていたよ。

✻詩題を「円通寺《えんつうじ》」とする五言八句で、出所は『草堂集貫華《そうどうしゅうかんげ》』。

良寛は自筆詩集『草堂集貫華』をはじめに、『草堂詩集』（天・地・人）さらに『草堂集』と詩集を三回編んでいる。どの詩集も有題詩の筆頭にこの「円通寺」の詩を置いた。その理由は、禅僧修行した自己の立場を基本に置き、そこから進展した自己の精神の履歴を提示するという意味をもたせているからである。

この詩では、円通寺での修行生活の実態を簡潔にまとめ、着物が汚れれば自分で洗濯するし、玉島《たましま》の門前町を托鉢《たくはつ》に歩いて米麦などの喜捨《きしゃ》を仰いだと説明する。そのころの良寛は修行三昧《ざんまい》で、托鉢に出かけた先で馴染《なじ》みの家を見つけるとかの内緒ごとなど一切なかったとのべている。謹直な雲水であった。

最後の二句で、高僧伝を読んで二祖慧可《にそえか》から「清貧」な生活をすべしと教えられたと特記した。これが良寛詩の最大のモチーフとなっていることがわかる。

◈郷《きょう》に還《かえ》る——出家《しゅっけ》して国《くに》を離《はな》れ知識《ちしき》を尋《たず》ね

出家《しゅっけ》して国《くに》を離《はな》れ知識《ちしき》を尋《たず》ね
一納一鉢《いちのういっぱつ》凡《およ》そ幾春《いくはる》ぞ
今日《こんにち》郷《きょう》に還《かえ》って旧友《きゅうゆう》を問《と》へ《エ》ば
多《おお》くは是《こ》れ名《な》は残《のこ》る苔下《たいか》の塵《ちり》

出家離国尋知識
一納一鉢凡幾春
今日還郷問旧友
多是名残苔下塵

出家《しゅっけ》して故国《ここく》を離《はな》れ、各地《かくち》の名僧《めいそう》を訪《たず》ねては修行《しゅぎょう》を積《つ》んできた。一衣一鉢《いちえいっぱつ》による清貧《せいひん》な生活《せいかつ》の歳月《さいげつ》をどれほど重《かさ》ねてきたことだろう。いま故郷《こきょう》に帰《かえ》って昔《むかし》なじみの友人《ゆうじん》の消息《しょうそく》をたずねてみると、大多数《だいたすう》の者《もの》はただ名前《なまえ》が知《し》られているばかりで、今《いま》では死《し》んで墓《はか》に埋《う》められ、その墓石《はかいし》にも苔《こけ》が生《は》えているというありさまだ。

✻詩題は「還郷＝郷に還《かえ》る」とする七言四句で『草堂集貫華《そうどうしゅうかんげ》』にある。

良寛は安永《あんえい》八年（一七七九）二十二歳の時、出雲崎《いずもざき》町尼瀬《あまぜ》の曹洞宗光照寺《そうとうしゅうこうしょうじ》に来錫《らいしゃく》した大忍国仙《だいにんこくせん》和尚によって出家得度《しゅっけとくど》した。師の国仙に随行して備中玉島《びっちゅうたましま》（岡山県倉敷《くらしき》市）の曹洞宗円通寺《えんつうじ》におもむき、足かけ十二年の禅僧修行の生活に入る。仏門に入るにしては、どちらかといえば遅い出発であった。

知人の多い越後《えちご》の出雲崎とちがい、誰一人として知る者もない他国で、厳しい修行をする心細さをみずから励ました様子は、前項の詩「円通寺」で端的にのべている。

やがて寛政《かんせい》二年（一七九〇）に、師の国仙から「印可《いんか》の偈《げ》」（修行修了証）を授けられた良寛は、そのまま円通寺を離れて放浪生活を続けたと見られるが詳しい足どりはわかっていない。放浪の旅の途中であろうか、土佐《とさ》（高知県）の山中の庵《いおり》に住んでいたことが、近藤万丈《ばんじょう》の書いた『寝ざめの友』によって知られている。

良寛が故郷の越後へ帰還したのは寛政八年（一七九六）とするのが通説であるが、それより四年早かったとする異論もある。それも生家 橘屋《たちばなや》ではなく、寺泊《てらどまり》（長岡市）の郷本《ごうもと》海岸の漁師の塩焼き小屋に住みついた。故郷に帰って昔なじみの知友の消息をたしかめてみると、多くは死んでしまい、その墓にも苔《こけ》が生えており、昔日のおもかげは失われてしまった、とこの詩に詠《よ》みとめている。

◆春夜《しゅんや》の宴《うたげ》——此《こ》の夕《ゆう》べ風光《ふうこう》稍《やや》和調《わちょう》し

此《こ》の夕《ゆう》べ風光《ふうこう》稍《やや》和調《わちょう》し
梅花《ばいか》簾《すだれ》に当《あ》たり月半規《つきはんき》
主人《しゅじん》興《きょう》に乗《じょう》じて瑶席《ようせき》を開《ひら》き
坐《ざ》客《かく》毫《ふで》を含《ふく》んで清池《せいち》に臨《のぞ》む
十年《じゅうねん》の孤舟《こしゅう》　江湖《こうこ》の夢《ゆめ》
一夜《いちや》洞房《どうぼう》琴酒《きんしゅ》の期《とき》
他日《たじつ》相思《そうし》して能《よ》く記得《きとく》するや
十字街頭《じゅうじがいとう》の窮乞児《きゅうこつじ》を

此夕風光稍和調
梅花当簾月半規
主人乗興開瑶席
坐客含毫臨清池
十年孤舟江湖夢
一夜洞房琴酒期
他日相思能記得
十字街頭窮乞児

こよいは春《はる》の気配《けはい》も少《すこ》しおだやかで、すだれ近《ちか》くの梅《うめ》の枝《えだ》には花《はな》が咲《さ》き、空《そら》には半月《はんげつ》がかかっている。当家《とうけ》の主人《しゅじん》は興《きょう》に乗《の》ってみごとな宴席《えんせき》を設《もう》け、招《まね》かれた一座《いちざ》の客《きゃく》たちは筆《ふで》をとり、心《こころ》をこめて詩歌《しいか》を書《か》きつける。私《わたし》は長《なが》い間《あいだ》、ひとり旅寝《たびね》の夢《ゆめ》を見《み》てきたが、今夜《こんや》は奥座敷《おくざしき》で風流《ふうりゅう》な文人《ぶんじん》たちと宴《うたげ》の時《とき》を迎《むか》えている。今後《こんご》も当家《とうけ》のご主人《しゅじん》は懐《なつ》かしく思《おも》い出《だ》し、いつまでも記憶《きおく》に留《とど》めておいてくださるだろうか、この町角《まちかど》の乞食坊主《こつじきぼうず》の私《わたし》めを。

＊詩題は「春夜宴＝春夜の宴」とする七言八句で『草堂集貫華《そうどうしゅうかんげ》』にある。

この詩は、帰郷してまもなくのころであろうか、良寛の親友でまた保護者である人（考えられるのは原田鵲斎《はらだじゃくさい》など）から梅見の宴に招かれ、風雅の楽しみの中にある時の喜びを歌っている。良寛の育った家庭は父以南《いなん》、弟由之《ゆうし》とともに風雅のたしなみのある人たちだったし、良寛自身も詩歌や書画に深い造詣《ぞうけい》をもっていたから、こうした雅宴に招かれるのは嫌いではなかった。

久しい間、これらの知友とは交際の空白期間はあったものの、昔と変わらぬ交友が再開したことを喜んでいる。この詩の中で、宴たけなわのところへ良寛の修行中のことを回顧し、この場にふさわしくない貧しい僧形の自分のことにふれたのは、主人や一座の人々への心くばりがある。

◆出奔《しゅっぽん》の回顧《かいこ》——少年父《しょうねんちち》を捨《す》てて他国《たこく》に走《はし》り

少年父《しょうねんちち》を捨《す》てて他国《たこく》に走《はし》り
辛苦《しんく》虎《とら》を画《えが》いて猫《ねこ》にも成《な》らず
人有《ひとあ》りて若《も》し箇中《こちゅう》の意《い》を問《と》は《ワ》ば
只《た》だ是《こ》れ従来《じゅうらい》の栄蔵生《えいぞうせい》

少年捨父走他国
辛苦画虎猫不成
有人若問箇中意
只是従来栄蔵生

若《わか》いころの私《わたし》は父《ちち》のもとを離《はな》れて他国《たこく》に出奔《しゅっぽん》し、仏道《ぶつどう》の修行《しゅぎょう》に励《はげ》んだが、大変《たいへん》な苦労《くろう》をしたかいもなく、虎《とら》を描《えが》いたつもりが猫《ねこ》にも似《に》ないように、先師《せんし》の片鱗《へんりん》さえ学《まな》び取《と》ることができなかった。もし人《ひと》が、その意味《いみ》する趣《おもむき》を尋《たず》ねたならば、ただ昔《むかし》の栄蔵《えいぞう》といった若《わか》いころの自分《じぶん》と同《おな》じままだ、と答《こた》えよう。

✻詩題はない。これは阿《あ》部《べ》家横巻にある七言四句で、阿部定珍《さだよし》の筆写による詩稿がある。

「画虎猫不成」の典故は『後漢書《ごかんじょ》』巻二・馬援伝の「虎《とら》を画《えが》いて成《な》らず、反《かへ》つて狗《いぬ》に類《たぐひ》す」に拠《よ》る語で、虎を描いたつもりでも虎にならず、むしろ犬のようになってしまうことから、素質のない者が勝れた人のまねをしてかえって軽薄になることをいっている。

良寛は国仙和尚《こくせんおしょう》について修行したが、宗祖道元《どうげん》の開いた教えの片鱗《へんりん》さえ学び取ることができなかった。ただ昔の栄蔵《えいぞう》といった若いころの自分のままで、何の進歩もないことを認めないわけにはいかないと深く反省する。これでは、せっかく父と別れて出家し、他国で修行したことが無意味であったともいう。

これまでにあれほど修行してきても、良寛にはまだ十分満足できないものがあったと見られる。しかし、これは阿部定珍を交えて語りながら作った詩であるから、定珍に対する謙遜《けんそん》もあったろう。むしろ、良寛ならではの仏法の実践行に邁進《まいしん》する一つの契機となったと見るべきであろう。

国上山の五合庵

五合庵

◈岩間《いわま》の苔水《こけみず》——山《やま》かげの岩間《いはま》を伝《つた》ふ

> 山《やま》かげの　岩間《いはま》《イワマ》を伝《つた》ふ《ウ》　苔水《こけみづ》の　かすかに我《われ》は　澄《す》み渡《わた》るかも
>
> 捨《す》てし身《み》を　いかに問《と》は《ワ》ば　久方《ひさかた》の　雨降《あめふ》らば降《ふ》れ　風吹《かぜふ》かば吹《ふ》け
>
> 浮雲《うきぐも》の　待《ま》つ事《こと》もなき　身《み》にしあれば　風《かぜ》の心《こころ》に　任《まか》すべらなり
>
> 天伝《あまづた》ふ《ウ》　日《ひ》は傾《かたぶ》きぬ　たまぼこの　家路《いへぢ》《イエジ》は遠《とほ》《トオ》し　袋《ふくろ》は重《おも》し

山《やま》のかげの岩《いわ》の間《あいだ》を伝《つた》わって、かすかに苔《こけ》の下《した》を水《みず》が流《なが》れるように、ひっそりと私《わたし》は山《やま》かげの庵《いおり》に住《す》み続《つづ》けることであるよ。

この世《よ》を捨《す》てて出家《しゅっけ》した私《わたし》は、どんな心境《しんきょう》であるかと尋《たず》ねられたならば、雨《あめ》が降《ふ》るなら降《ふ》るにまかせ、風《かぜ》が吹《ふ》くなら風《かぜ》にまかせて過《す》ごしていると答《こた》えよう。

空《そら》に浮《う》かぶ雲《くも》のように、何《なに》も待《ま》つことのない身《み》であるから、庵《いおり》に帰《かえ》るかどこに泊《と》まるかは、風《かぜ》の吹《ふ》くままに任《まか》せていることであるよ。

日《ひ》はすっかり西《にし》に傾《かたむ》いてしまった。それなのに、庵《いおり》へ帰《かえ》る道《みち》のりはまだ遠《とお》い。そして托鉢《たくはつ》に回《まわ》り喜《き》捨《しゃ》でいただいたお米《こめ》を入《い》れる頭陀袋《ずだぶくろ》は、痩《や》せた肩《かた》に重《おも》く感《かん》じられるよ。

＊五合庵《ごごうあん》に住んだころの心境を示した短歌を選んでみた。

「山かげの」の歌は「山かげの……苔水《こけみず》の」まで「かすかに」にかかる序詞《じょことば》。国上山《くがみやま》中腹の五合庵まで岩の間を伝わって流れる苔水を啜《すす》り、澄み切った心境で生きていますと。「澄み」は「住み」の掛詞《かけことば》でもある。

「捨てし身を」の歌は、貞心尼《ていしんに》『はちすの露』にある。「捨てし身」は俗世間を離れて出家するの意。「久方の」は「雨」の枕詞《まくらことば》。出家した身であるから、雨や風など自然のままに身をまかせ、ちっともくよくよはしていないよと。

「浮雲の」の歌は、阿部家横巻にある。「べらなり」は、推量の助動詞「べし」の語幹「べ」に接尾語「ら」と断定の助動詞「なり」が付き一語にしたもの。……するそうだ。……らしい。良寛の造語か。阿部定珍《さだよし》にカッコよくこの歌を渡したものの、やがてまたいそいそと阿部家に帰ってきたことが、連記した歌からわかる。事実はそうであったが、良寛はみずからの心意気をこのように示した。

「天伝ふ《あまづた》」の歌も、阿部家横巻にある。「天伝ふ」は「日」の枕詞。「たまぼこの」は「路」の枕詞。托鉢《たくはつ》の成果があって重くなった頭陀袋《ずだぶくろ》をかつぎ、日暮れの道をとぼとぼ歩いて庵《いおり》に帰る。しかし、痩《や》せた肩に重く感じられるほどの「喜捨《きしゃ》」に恵まれたという喜びの充実感が伝わってくる歌である。

◈梅《うめ》にうぐいす――梅《うめ》の花《はな》散《ち》らば惜《を》しけん

霞立《かすみた》つ　永《なが》き春日《はるひ》に　うぐひ《イ》すの　鳴《な》く声《こゑ》《コエ》聞《き》けば　心《こころ》はなぎぬ
梅《うめ》の花《はな》　散《ち》らば惜《を》《オ》しけん　うぐひ《イ》すの　声《こゑ》《コエ》のかぎりは　この園《その》に鳴《な》け

春《はる》の山《やま》には霞《かすみ》がかかり、のどかな長《なが》い日《ひ》ざしの中《なか》で、うぐいすの鳴《な》く声《こえ》を聞《き》いていると、自然《しぜん》に心《こころ》もなごんでくることよ。
梅《うめ》の花《はな》が散《ち》ってしまえば、惜《お》しいと思《おも》われるだろう。だから咲《さ》いている間《あいだ》は、うぐいすよ、声《こえ》の出《で》る限《かぎ》り、この家《いえ》のお庭《にわ》で鳴《な》いておくれ。

✻梅にうぐいすの取り合わせは古い。『万葉集』をはじめ多くの歌集の定番である。良寛は古歌の伝統をふまえた独特の歌を詠《よ》んだ。また、うぐいすが登場してもしなくとも、良寛の梅の花の歌は三十首ある。
「霞立《かすみた》つ」は「春日」の枕詞《まくらことば》。枕詞には呪術《じゆじゆつ》的な力がある。良寛は枕詞を多用しており、その歌は万葉世界とひと続きの感じが出ている。この「霞立つ」の歌は五首連作の筆頭の作品で、五首すべて梅にうぐいすを歌う。その三首目が面白い。

うぐひすは　いかに契《ちぎ》れか　年《とし》の端《は》に　来居《きゐ》て鳴《な》きつる　宿《やど》の梅《うめ》が枝《え》

（うぐいすは梅の木とどのように約束したのか、毎年のようにやって来てこの家の梅の枝にとまり、美しい声で鳴くことよ）

「梅の花」の歌は阿部家横巻にあり、定珍《さだよし》と詠み合った跡が残る。「惜しけん」は、形容詞未然形「惜しけ」と推量の助動詞「ん」の合成。

梅にうぐいす

◈花咲《はなさ》く春《はる》に——子《こ》どもらよいざ出《い》でいなむ

子《こ》どもらよ　いざ出《い》でいなむ《ン》　弥彦《いやひこ》の　岡《をか》《オカ》のすみれの　花《はな》にほ《オ》ひ《イ》見《み》に
ひさかたの　天《あま》ぎる雪《ゆき》と　見《み》るまでに　降《ふ》るは桜《さくら》の　花《はな》にぞありける
何《なに》ごとも　移《うつ》りのみ行《ゆ》く　世《よ》の中《なか》に　花《はな》は昔《むかし》の　春《はる》に変《か》は《ワ》らず
山吹《やまぶき》の　花《はな》を手《た》折《を》《オ》りて　思《おも》ふ《ウ》同士《どし》　かざす春日《はるひ》は　暮《く》れずともがな

子《こ》どもたちよ、さあ行《い》こうよ。弥彦《やひこ》の岡《おか》に咲《さ》いているすみれの花《はな》の美《うつく》しく可憐《かれん》な様子《ようす》を見《み》るためにね。

空一面《そらいちめん》に曇《くも》った中《なか》を、雪《ゆき》が降《ふ》るのかと見《み》ちがえるほどに、降《ふ》ってくるのは桜《さくら》の花《はな》びらであったよ。

何《なに》ごともみな、移《うつ》り変《か》わってゆくこの世《よ》の中《なか》で、ふるさとの桜《さくら》の花《はな》だけは、昔《むかし》の春《はる》と変《か》わらず美《うつく》しく咲《さ》いていることだ。

気《き》の合《あ》った者同士《ものどうし》が、お寺《てら》（本覚院《ほんがくいん》）に集《あつ》まり、髪飾《かみかざ》りにと折《お》った山吹《やまぶき》の花《はな》を髪《かみ》さして、楽《たの》しく過《す》ごす春《はる》の日《ひ》は暮《く》れなくともよいのだがなあ。

✻すみれの春に寄せる良寛の思いは深い。待ちわびた春の日に、弥彦山《やひこやま》のふもとに咲くすみれの花を見に行こうよ、と子どもに呼びかけないではいられない。

阿部《あべ》家横巻にも、すみれの歌二首がある。その一つ。

飯乞《いひこ》ふと　わが来《こ》しかども　春《はる》の野《の》に　すみれ摘《つ》みつつ　時《とき》を経《へ》にけり

（托鉢《たくはつ》するつもりで来たのだが、春の野に咲くすみれの花を摘みながら、つい時間を過ごしてしまったよ）

すみれの花を摘んで、携行する鉢の子に入れて楽しむ良寛の姿が想像される。「ひさかたの」の歌は、『布留散東《ふるさと》』に編まれた有名な作品。「ひさかたの」は「天」の枕詞《まくらことば》。「天ぎる雪」は『古今和歌集』巻六の「梅《むめ》の花《はな》それとも見《み》えず久方《ひさかた》の天霧《あまぎ》る雪《ゆき》のなべてふれれば」に先例がある。

「何ごとも」の歌は詞書《ことばがき》「ふるさとに花《はな》を見《み》て」がある。良寛は二十年近く他郷にあったからその思いは強かった。しかもその思いは西行《さいぎょう》の歌「何《なに》ごともかはりのみゆく世《よ》の中《なか》におなじ影《かげ》にてすめる月哉《つきかな》」（『山家集《さんかしゅう》』上）の影響を受けていよう。

「山吹の」の歌は「本覚院《ほんがくゐん》に集《つど》ひて詠《よ》める」と詞書がある。本覚院は国上寺《こくじょうじ》の末寺で、良寛が居住した五合庵《ごごうあん》のすぐ下にある。良寛はこの寺に一時仮住した。ここへ気の合った者同士が集まり、楽しい時を過ごした。時は文化《ぶんか》十年（一八一三）三月末日で陽暦四月三十日の夜。離散した家族が集まり慰め合ったのである。

◈手《て》まりつく長歌《ちょうか》——霞立《かすみた》つ永《なが》き春日《はるひ》に

さすたけの　君《きみ》が贈《おく》りし　新《にひ》《ニイ》まりを　つきて数《かぞ》へ《エ》て　この日《ひ》暮《く》らしつ
この宮《みや》の　森《もり》の木下《こした》に　子《こ》どもらと　遊《あそ》ぶ春日《はるひ》に　なりにけらしも
霞立《かすみた》つ　永《なが》き春日《はるひ》に　子《こ》どもらと　手《て》まりつきつつ　この日《ひ》暮《く》らしつ
霞立《かすみた》つ　永《なが》き春日《はるひ》に　飯乞《いひこ》《イイ》ふ《ウ》と　里《さと》にい行《ゆ》けば　里子《さとこ》ども　いまは春《はる》べ
と　うち群《む》れて　み寺《てら》の門《かど》に　手《て》まりつく　飯《いひ》《イイ》は乞《こ》は《ワ》ずて　そが中《なか》に
うちもまじりぬ　その中《なか》に　一二三四五六七《ひふみよいむな》　汝《な》は歌《うた》ひ《イ》　我《あ》はつき　我《あ》
は歌《うた》ひ《イ》　汝《な》はつき　つきて歌《うた》ひ《イ》て　霞立《かすみた》つ　永《なが》き春日《はるひ》を　暮《く》らしつるか

も
この里《さと》に　手《て》まりつきつつ　子《こ》どもらと　遊《あそ》ぶ春日《はるひ》は　暮《く》れずともよし

あなたが心《こころ》をこめて作《つく》り、贈《おく》ってくださった新《あたら》しい手《て》まりを、私《わたし》は数《かぞ》えてはつきながらこの長《なが》い春《はる》の一日《いちにち》を過《す》ごしたことよ。

この神社《じんじゃ》にある森《もり》の下《した》で、子《こ》どもたちと一緒《いっしょ》になって遊《あそ》ぶ、のどかな春《はる》の日《ひ》になったことよ。

長《なが》い春《はる》の日《ひ》がやって来《き》て、子《こ》どもたちと一緒《いっしょ》に手《て》まりをつきながら、この一日《いちにち》を遊《あそ》び暮《く》らしたことだった。

日《ひ》の長《なが》い春《はる》の一日《いちにち》、托鉢《たくはつ》に回《まわ》ろうと思《おも》って村里《むらさと》へ出《で》かけて行《い》くと、村里《むらさと》の子《こ》どもたちが、いまは春《はる》の盛《さか》りになったと群《む》れを作《つく》り、お寺《てら》の門《もん》の前《まえ》で手《て》まりをついて遊《あそ》んでいる。そこで私《わたし》は托鉢《たくはつ》をやめて、その中《なか》に仲間《なかま》入《い》りをした。子《こ》どもと一緒《いっしょ》になって、一二三四五六七《いちにさんしごろくしち》とまりをつき、子《こ》どもが歌《うた》って私《わたし》がまりをつき、次《つぎ》に私《わたし》が歌《うた》って子《こ》どもがつき、ついて歌《うた》って長《なが》い春《はる》の一日《いちにち》を過《す》ごしたことだったよ。

この村里《むらさと》で手《て》まりをつきながら、子《こ》どもたちとのどかに遊《あそ》ぶ春《はる》の一日《いちにち》は、たとえ暮《く》れなくともかまわないよ。

✻手まり法師と呼ばれるようになるくらい、良寛の手まりは有名になった。手まり遊びにまつわる短歌・長歌をまとめてみる。

「さすたけの」の歌は、良寛が出雲崎《いずもざき》の妓楼《ぎろう》ちきり屋から新しい手まりをもらい、その礼状に書いた歌である。「さすたけの」は「君」の枕詞《まくらことば》。手まりをついて遊べる春の日が待ちどおしいと、春を待つ歌でもある。

やがて春になり、森の木の下の神社に子どもたちと集まって手まりをついて遊べるようになったと喜ぶのは次の歌だ。「この宮の」の歌の「けらしも」は、過去を表わす助動詞「けり」の連体形「ける」に推量の助動詞「らし」の付いた「けるらし」の転。「も」は感動・詠嘆の終助詞。この歌は『布留散東《ふるさと》』にある。

次の「霞立つ《かすみたつ》」の短歌も『布留散東』にある。「霞立つ」は「春日」の枕詞で、良寛はこの成句を『万葉集』巻一の「霞立つ長き春日の暮れにける」から学びとって使いはじめたのであろう。修辞法も場景も万葉世界とつながっている。

長歌は五七五七と繰り返し、最後は七七で終わる。『万葉集』に多く見られるが、

良寛遺愛の手まり

万葉ではそのリズムが五七調であるのに対し、良寛の歌は意味のつながりは五七調でも、リズムは七五調になっているという特徴がある。托鉢《たくはつ》に出てきたのに、子どもと出合って手まりで遊ぶ、托鉢などやめて、あれよあれよと遊びに夢中になる。独特の手まりつく場景とリズムの展開がある。

「この里に」の歌は、どこの里とも特定できないが、良寛は出かけた先で、あちこち子どもに囲まれて遊んだ。あんまり楽しいので、やめられない。春の日も暮れないでほしいとまでエスカレートするさまを詠《よ》む。

◈鉢《はち》の子《こ》長歌《ちょうか》——鉢《はち》の子《こ》は愛《は》しきものかも

鉢《はち》の子《こ》は　愛《は》しきものかも　幾《いく》とせか　わが持《も》てりしを　けふ《キョウ》道《みち》に　置《お》きてし来《く》れば　たつらくの　たづ《ズ》きも知《し》らず　を《オ》るらくの　すべをも知《し》らに　かりこもの　思《おも》ひ《イ》乱《みだ》れて　夕星《ゆふつづ》《ユウ》の　か行《ゆ》きかく行《ゆ》き　求《と》め行《ゆ》けば　ここに在《あ》りとて　わがもとに　人《ひと》は持《も》て来《き》ぬ　うれしくも　持《も》てくるものか　その鉢《はち》の子《こ》を

かへ《エ》し歌《うた》

道《みち》のべの　すみれ摘《つ》みつつ　鉢《はち》の子《こ》を　忘《わす》れてぞ来《こ》し　その鉢《はち》の子《こ》を

鉢《はち》の子《こ》は、かわいいものだなあ。もう何年《なんねん》か私《わたし》が持《も》って歩《ある》いていたが、今日《きょう》はうっかり道《みち》ばたに置《お》き忘《わす》れてきたので、立《た》っていても方法《ほうほう》がわからず、座《すわ》っていても方法《ほうほう》がわからないように、いても立《た》ってもいられず、心《こころ》が乱《みだ》れ、あちらへ尋《たず》ねて行《ゆ》き、こちらへ尋《たず》ねて行《い》ったところ、鉢《はち》の子《こ》がここにありましたよと言《い》って、私《わたし》の所《ところ》へ持《も》って来《き》てくれた人《ひと》がいる。うれしいことに、人《ひと》が持《も》って来《き》てくれたものよ、そのだいじな鉢《はち》の子《こ》を。

反《はん》歌《か》

道《みち》ばたで、すみれを摘《つ》み摘《つ》みしているうちに、だいじな鉢《はち》の子《こ》を置《お》き忘《わす》れてしまったことだ。だいじなその鉢《はち》の子《こ》を。

✻道ばたで、すみれを摘み摘みするうちに、良寛はしばしば托鉢《たくはつ》の法具である鉢の子（木鉢）を道ばたに置き忘れた。忘れられた鉢の子はどうなったか、そのてんまつを歌ったのが鉢の子長歌である。同趣の長歌の遺墨は多い。

「鉢の子」は、僧が托鉢で喜捨《きしゃ》を受ける時に用いる木鉢のこと。良寛が使用した鉢の子は現存する。「持てりし」の「り」は存続の助動詞、「し」は過去の助動詞。「たつらくの」は、立っていても。「たづき」は、方法。「をるらくの」は、座っていても。「すべ」は、方法。「かりこもの」は「乱る」の枕《まくら》詞《ことば》。「夕星の」は金星が東の空に現われたり西の空に現われたりするところから「か行きかく行き」にかかる枕詞。

同趣のどの長歌にも、どんな理由で鉢の子を道ばたに置き忘れてしまったかについては語っていない。しかし、反歌《はんか》になってはじめて「すみれ摘みつつ」と事情のわかる説明があって納得できる。

同趣の短歌には「鉢の子を」ではじまるものもある。

鉢《はち》の子《こ》を　わが忘《わす》るれども　取《と》る人《ひと》はなし　鉢《はち》の子《こ》あはれ

（だいじな鉢の子を私は道ばたに忘れてきたが、

鉢の子

だれも取っていく人はいなかった。その鉢の子のいとしいことよ）

この歌になってはじめて「鉢の子あはれ」と「いとしさ」が表明される。鉢の子は、持ち主の良寛に忘れられ置きざりにされて可哀相《かわいそう》であったが、これを見つけた人も誰といって盗《と》って行こうとしていない。この二重の無関心に耐えた鉢の子がいとしい、と。

◈うま酒《ざけ》を酌《く》む——さすたけの君《きみ》がすすむる

さすたけの　君《きみ》がすすむる　うま酒《ざけ》に　我《われ》酔《ゑ》ひ《エイ》にけり　そのうま酒《ざけ》に
その上《かみ》は　酒《さけ》に浮《う》けつる　梅《うめ》の花《はな》　土《つち》に落《お》ちけり　いたづ《ズ》らにして

あなたがすすめてくれるおいしい酒《さけ》に、私《わたし》はすっかり酔《よ》ってしまった、そのおいしい酒《さけ》にね。

その昔《むかし》は、杯《さかずき》の酒《さけ》に浮《う》かべて楽《たの》しんだ梅《うめ》の花《はな》びらであったが、今日来《きょうき》てみると、むなしく土《つち》の上《うえ》に散《ち》り落《お》ちてしまっていることよ。

＊良寛は酒好きだった。酒を飲んだときに作った歌がいくつかある。「さすたけの」の歌は阿部《あべ》家横巻にある短歌。阿部家に上がりこんで主人の定珍《さだよし》とし

たたかに飲み、歌を詠《よ》みあった。定珍が「限《かぎ》りなくすすむる春《はる》の杯《さかずき》は千年《ちとせ》をのべる薬《くすり》とぞ聞《き》く」とやると良寛はこの歌を返した。「さすたけの」は「君」の枕詞《まくらことば》。「うま酒」は、おいしい酒。この歌には続きがある。「またすすめ給《た》べりければ　杯《さかづき》を取《と》りて」(また酒を飲むようにすすめてくださるので、杯を持ちあげて) の詞書《ことばがき》を置き、

さすたけの　君《きみ》がすすむる　うま酒《ざけ》に　さらにや飲《の》まむ　その立《た》ち酒《ざけ》を

(あなたがすすめてくれるおいしい酒に、すっかり酔ってしまった。しかし、さらに飲もう、私が出かける時に、あなたがすすめてくれる酒を)

定珍は「ことさらに勧《すす》むべらなり春《はる》の日《ひ》の晴《は》れあがりけるこれのまぎれに」と「さすたけの君《きみ》がごとくにながらへて酒《さけ》さへ飲《の》まば楽《たの》しきものを」を返歌《へんか》した。

「その上は」の歌は有則《ありのり》(原田鵲斎《じゃくさい》)と酌《く》み交わした追憶の歌で、歌集『布留散東《ふるさと》』にある。まず長文の詞書がある。「如月《きさらぎ》のとをかばかりに　飯乞《いひこ》ふとて真木山《まぎやま》てふ所《ところ》に行《ゆ》きて　有則《ありのり》が元《もと》のいへを訪《たづ》ぬれば　いまは野《の》らとなりぬ　一木《ひとき》の梅《うめ》の散《ち》りかかりたるを見《み》て　いにしへ思《おも》ひ出《い》でて詠《よ》める」(陰暦二月の十日ごろ、托鉢《たくはつ》のため真木山という所に行き、有則が住んでいた元の家を訪ねると、今は野原になっていた。一本の梅の花が散りそうになっていたのを見て、昔を思い出して詠んだ歌)

有則は真木山(新潟県燕市《つばめし》の地名)に住んでいた医者であったが、地蔵堂《じぞうどう》の繁華街

へ家を移し転居した。良寛はその旧居跡を訪ねたのである。ここでも有則と酒を酌み、梅の花びらがひらひらと散るのを杯に受けて楽しんだことだったが、今日はその花びらもむなしく土の上に落ちている、と往時を懐かしむ。

★良寛逸話《りょうかんいつわ》①――酒《さけ》もタバコも好《す》き

解良栄重《けらよししげ》の『良寛禅師奇話』2・3段にある話。

良寛さまはお酒が好きだった。とはいうものの、度を過ごして酔狂になる様子は見たことがない。また、好々爺《こうこうや》のお百姓さんとも割りカンで酒を買ってきて飲むのが好きだった。それも、あなたが一杯飲めば私も一杯というふうに、杯《さかずき》の数も平等になるよう気を配っていた。

また、タバコも好んで吸っていた。最初のうちはキセルやタバコ入れなど、自前のものを持たなかった。人の持ち物を借りて吸い、のちに自前のものを使うようになった。

◆亡友《ぼうゆう》を偲《しの》ぶ——思《おも》ほえずまたこの庵《いほ》に

思《おも》ほえず　またこの庵《いほ》《イオ》に　来《き》にけらし　ありし昔《むかし》の　心《こころ》ならひ《イ》に
この里《さと》に　往《ゆ》き来《き》の人《ひと》は　さはにあれども　さすたけの　君《きみ》しまさねば
寂《さび》しかりけり
山《やま》かげの　槙《まき》の板屋《いたや》に　雨《あめ》も降《ふ》りこね　さすたけの　君《きみ》がしばしと　立《た》
ちどまるべく

思《おも》いがけなくも、またこの庵《いほり》（田面《たのも》庵《あん》）にやって来《き》た。あなたが亡《な》くなってこの世《よ》にはいないと知《し》っているのに、生《い》きておられた昔《むかし》の慕《した》わしかった頃《ころ》の心《こころ》の習慣《しゅうかん》だから。

家《いえ》の立《た》ちならぶこの町《まち》を行《ゆ》き来《き》する人《ひと》は多《おお》いけれども、あなたの姿《すがた》はもう見《み》られない。あなたがこの世《よ》におられないので、まことに寂《さび》しいことであるよ。

山《やま》かげの杉皮葺《すぎかわぶ》きの粗末《そまつ》な庵《いおり》に、雨《あめ》が降《ふ》ってきてほしい。はるばると江戸《えど》から訪《たず》ねてこられたあなたが、しばらくの間《あいだ》と言《い》って止《とど》まってくれるように。

✻すべて歌集『布留散東《ふるさと》』に所収。「思ほえず」の歌は、親友の有願和尚《うがんおしょう》が文化《ぶんか》五年（一八〇八）に亡くなり、有願を偲《しの》んだ歌である。

詞書《ことばがき》に「あひ知《し》りし人《ひと》のみまかりて　またの春《はる》　ものへ行《ゆ》く道《みち》にて過《す》ぎて見《み》れば　住《す》む人《ひと》はなくて花《はな》は庭《には》に散《ち》り乱《みだ》りてありければ」（旧知の人が亡くなって翌年の春、用事のついでに通りかかって庵を見ると、住む人はなく桜の花は庭に散ったまままちらかっていた）とある。

「あひ知りし人」は有願和尚。南蒲原《かんばら》郡大島村（現在の新潟県三条市《さんじようし》）代官新田の庄屋田沢家の子。永安寺の大舟《だいしゆう》和尚の門弟となり、諸国を巡ったのち燕《つばめ》市万能寺《まんのうじ》の住職となり、のちに新潟県新潟市新飯田《にいだ》の田面庵《たのもあん》に住んだ。画を狩野玉元《かのうぎよくげん》に学び、狂草を能《よ》くし、奇行が多く、良寛と親交があった。「心ならひ」は、心の習慣をいう。有願を偲んだ漢詩には「再到田面庵」はじめ、痛恨の思いをこめた数首がある。

「この里に」の歌は旋頭歌《せどうか》で、『布留散東』に所収。詞書に「左一がみまかりしころ」（左市が亡くなったころ）とある。「左一」は三輪佐市《みわさいち》。新潟県長岡市与板《よいた》の回船問屋、大坂屋六代長高《ながたか》の弟。文化四年（一八〇七）五月一日に亡くなった。三輪家は越後《えちご》屈指の豪商で、左市は若い時から良寛と交流があり心を許した友であった。「さはに」は、数多く、たくさんの。「さすたけの」は「君」の枕詞《まくらことば》。「まさねば」は、おられないので。いらっしゃらないので。

左市を偲ぶもう一つの旋頭歌が『布留散東』に連記されている。

あづさ弓《ゆみ》　春野《はるの》に出《い》でて　若菜《わかな》摘めども　さすたけの　君《きみ》しまさねば　楽《たの》しくもなし

（新しい春がめぐってきたので野原に出て若菜を摘むけれども、慕わしく思うあなたがこの世におられないので、何も楽しいとは思われない）

また熱烈に佐市を偲ぶ漢詩も『草堂集貫華《そうどうしゅうかんげ》』をはじめ詩集、遺墨に数首が残されている。

「山かげの」の歌も旋頭歌で、有願と左市を偲ぶ歌に続けて『布留散東』に連記されている。詞書は「庵《いほ》に来《き》て帰《かへ》る人《ひと》見送るとて」（五合庵《ごごうあん》に来て帰る人を見送るというので）とある。「帰る人」は、江戸の国学者で歌人の大村光枝《おおむらみつえ》。享和《きょうわ》元年（一八〇一）七月来訪した光枝は庵に一泊し、良寛のこの歌に対し「忘《わす》れめや杉《すぎ》の板屋《いたや》に一夜《ひとよ》見《み》し月久方《つきひさかた》の塵《ちり》なき影《かげ》の静《しづ》けかりしは」と旋頭歌を返した。

良寛は光枝から『万葉集』を学ぶことの大切さを教わっている。万葉に多い旋頭歌を作る演習の意味で、これらの歌の交換をしたのである。光枝と良寛は別れてからその後再会することはなかった。光枝は文化十三年（一八一六）四月十六日、六十四歳で死去する。これに良寛は次の歌を捧《ささ》げたのである。

何《なに》ごとも　みな昔《むかし》とぞ　なりにける　涙《なみだ》ばかりや　形見《かたみ》ならまし

（何ごとも、みな昔のことになってしまった。亡くなられたあなたを偲んで流す涙だけが、あなたの形見なのだろう）

◈草庵閑居《そうあんかんきょ》——五月雨《さみだれ》の晴《は》れ間《ま》に出《いで》て

山吹《やまぶき》の　華《はな》の盛《さか》りは　過《す》ぎにけり　ふるさと人《びと》を　待《ま》つとせしまに

五月雨《さみだれ》の　晴《は》れ間《ま》に出《いで》て　ながむれば　青田《あをた》《アオタ》涼《すず》しく　風《かぜ》わたるなり

あしびきの　山《やま》べに住《す》めば　すべをなみ　樒摘《しきみつ》みつつ　この日《ひ》暮《く》らしつ

さびしさに　草《くさ》のいほ《オ》りを　出《で》て見《み》れば　稲葉《いなば》押《お》しなみ　秋風《あきかぜ》ぞ吹《ふ》く

山吹《やまぶき》の花《はな》の盛《さか》りも過《す》ぎて散《ち》りはじめたことよ。その花《はな》を見《み》に行《い》こうと約束《やくそく》しながらやってこないようなふるさとの人《ひと》を、私《わたし》が待《ま》っていた間《あいだ》にね。

降《ふ》り続《つづ》いた五月雨《さみだれ》がようやくやんで、その晴《は》れ間《ま》に庵《いおり》から外《そと》へ出《で》て眺《なが》めると、稲《いね》の苗《なえ》が植《う》えられて青々《あおあお》とした田《た》の面《おもて》を、風《かぜ》が涼《すず》しく吹《ふ》きわたることだ。

山《やま》のふもとにひとりで住《す》んでいると、わびしさでどうしようもないので、仏《ほとけ》に供《そな》えるための樒《しきみ》の小枝《こえだ》や葉《は》を摘《つ》みながら、今日《きょう》も暮《く》らしたことだ。

さびしさにおそわれて、草《くさ》の庵《いおり》から外《そと》へ出《で》てみると、稲《いね》の葉《は》を押《お》しなびかせて秋《あき》の風《かぜ》が吹《ふ》いていることだなあ。

✻「山吹の」の歌は『布留散東《ふるさと》』にある。詞書《ことばがき》に「ふるさとの人《ひと》の　山吹《やまぶき》の花見《はなみ》に来《こ》むと言《い》ひおこせたりけり　盛《さか》りには待《ま》てども来《こ》ず　散《ち》りかたになりて」（ふるさとの人が山吹の花を見に行こうといって寄こしたが、花の盛りには待っていたのに来なかった。散りごろになって）とある。「ふるさとの人」は、弟の由之《ゆうし》と見られる。由之はたびたび約束を反故《ほご》にしたから。「来む」は、行こう。

「五月雨《きみだれ》の」の歌は、小林二郎『僧良寛歌集』にある。「青田」は、稲が生長して青々と見える田。雨にあてられて庵《いおり》に蟄居《ちっきょ》していたが、ようやく晴れ間を見つけて外に出て見た眺めの爽快《そうかい》な感じを詠《よ》みとめる。

「あしびきの」の歌は『布留散東』にある。「あしびきの」は「山」の枕詞《まくらことば》。「すべをなみ」は、どうしようもないので。「樒《しきみ》」は、山地に自生するモクレン科の常緑樹。全体に香気があり、葉のついた小枝を仏前に供える。この歌はほかに歌集『久賀美《くがみ》』と「木村家横巻」『はちすの露』にもある。

「さびしさに」の歌は『布留散東』にある。「押しなみ」は、押しなびかせて。この造語がこの歌の眼目である。

良寛はこの歌を「さびしさに宿《やど》を立《た》ち出《い》でてながむればいづくも同《おな》じ秋《あき》の夕暮《ゆふぐれ》」（『後拾遺和歌集』巻四）および「君待《きみま》つと我《あ》が恋《こ》ひ居《を》れば我《わ》がやどの簾動《すだれうご》かし秋《あき》の風《かぜ》吹《ふ》く」（『万葉集』巻八）に啓発されたのではなかろうか。歌の構図からそんな推理がはたらく。

◈自戒訓《じかいくん》——人《ひと》の善悪《さが》聞《き》けばわが身《み》を

人《ひと》の善悪《さが》　聞《き》けばわが身《み》を　咎《とが》めばや　人《ひと》は我《わ》が身《み》の　鏡《かがみ》なりけり
領《し》ろしめす　民《たみ》が悪《あ》しくば　我《われ》からと　身《み》を咎《とが》めてよ　民《たみ》が悪《あ》しくば

人《ひと》のよくない言動《げんどう》の話《はなし》を聞《き》いたならば、自分《じぶん》が悪《わる》かったのではないかと思《おも》って、わが身《み》を反省《はんせい》し責《せ》めてみよう。自分《じぶん》に対《たい》する人《ひと》の態度《たいど》は、わが身《み》の鏡《かがみ》であることよ。

お治《おさ》めになる領民《りょうみん》が悪《わる》いことをするならば、それは治《おさ》めている自分《じぶん》が悪《わる》いからだと思《おも》って、わが身《み》を反省《はんせい》しなさい。民《たみ》が悪《わる》いことをするならばその

二　前《まえ》に。

＊「人の善悪《さが》」の歌は、片桐《かたぎり》某『良寛師集歌帖全』にある。「人の善悪」はこの場合、悪い行ない、欠点の意味で使っている。「咎《とが》めばや」の「ばや」は願望の終助詞。

ある人のよくない行ないや陰口《かげぐち》を耳にしたなら、その人のことだから我関せずと聞き流さないで、それは自分の落度ではないかと反省してみよと良寛はいう。どこまでも自己の無限責任を問いかける精神の姿勢がある。

「領《し》ろしめす」の歌は解良《けら》家横巻の冒頭にある。当時の牧《まき》ヶ花《はな》（新潟県燕市《つばめし》）の庄屋《しょうや》解良叔問《しゅくもん》に与えたもの。庄屋たる者の心得を示した。叔問は温厚篤実な人物として人々から尊敬され、良寛と親しく交わった。良寛のよき理解者であり庇護《ひご》者であった。寛政《かんせい》八年（一七九六）から二十余年間、庄屋をつとめた。

また、村上藩士の三宅相馬《みやけそうま》に贈った、これと同趣の歌がある。

うちわたす　県司《あがたつかさ》に　ものまをす　もとの心《こころ》を　忘《わす》らすなゆめ

（人々を助けるべき地方の役人に申し上げる。どうか本来の領民を慈しむ心を忘れないでいただきたい）

◈由之《ゆうし》を案《あん》じて——草《くさ》の庵《いほ》に立《た》ちても居《ゐ》ても

草《くさ》の庵《いほ》《イオ》に　立《た》ちても居《ゐ》《イ》ても　すべのなき　このごろ君《きみ》が　見《み》えぬと思《おも》へ《エ》ば
たが里《さと》に　旅寝《たびね》しつらむ《ン》　ぬばたまの　夜半《よは》《ヨワ》の嵐《あらし》の　うたて寒《さむ》きに

五合庵《ごごうあん》の中《なか》にいて、立《た》ってみても、座《すわ》ってみても、どうしようもない。このごろは、あなたの姿《すがた》が見《み》られないと心配《しんぱい》でならない。

蓑《みの》一《ひと》つしか着《き》ていなかったあの人《ひと》は、旅《たび》の途中《とちゅう》の、どこの村里《むらさと》で寝《ね》泊まりをしているのであろうか。夜中《よなか》に吹《ふ》く嵐《あらし》が、ますますひどく寒《さむ》いというのに。

✲弟の由之《ゆうし》を案ずる歌は自筆歌集『布留散東《ふるさと》』にある。そもそもは、出雲崎《いずもざき》の町名主《まちなぬし》を継いだ由之が、文化《ぶんか》七年（一八一〇）十一月に財産没収と居所追放の申し渡しを受けて以来、生家橘屋《たちばなや》は滅亡の破局に見舞われた。出雲崎を追われた由之が、どうしているだろうと、良寛は由之の身の上を案じていた。

「草の庵《いほ》に」の歌には、「詠《よ》みて由之《いうし》につかはす」（詠んで由之に贈る歌）の詞書《ことばがき》がある。「すべのなき」には、どうしてあげようにも手だてがないという不安な、せつない気持が表われている。

「たが里に」の歌は詞書に「神無月《かみなづき》のころ　旅人《たびびと》の蓑一《みのひと》つ着《き》たるが　門《かど》に立《た》ちて物乞《ものこ》ひければ　古着《ふるぎ》ぬぎて取《と》らす　さてその夜《よる》　嵐《あらし》のいと寒《さむ》う吹《ふ》きたりければ」（陰暦十月の寒空の下、蓑一つしか着ていない旅人が、物乞いに来たので、古着を脱ぎ与えた。そしてその夜は、たいへん寒く嵐が吹いたので）とある。「たが」は、誰の、どこの意。「ぬばたまの」は「夜」の枕詞《まくらことば》。「うたて」は、ますますひどく。

　この旅人のことを良寛は由之だとはしていないで、ただ「旅人」と詞書に示している。しかし、この歌は「草の庵に」の歌で由之を案じたその次に連記されてある。実際に由之が現われたのではないにしても、由之を案じる良寛の思いは、この歌と完全に重なっている。

◈母《はは》の形見《かたみ》――たらちねの母《はは》が形見《かたみ》と

たらちねの　母《はは》が形見《かたみ》と　朝夕《あさゆふ》《アサユウ》に　佐渡《さど》の島《しま》べを　うち見《み》つるかも
いにしへ《エ》に　変《か》は《ワ》らぬものは　荒磯海《ありそみ》と　向《む》かひ《イ》に見《み》ゆる　佐渡《さど》の島《しま》なり

優《やさ》しかった母《はは》のことを思《おも》い出《だ》す形見《かたみ》として、朝《あさ》に夕《ゆう》に佐渡《さど》の島《しま》を、ながめやったことよ。

昔《むかし》から少《すこ》しも変《か》わらないものは、岩《いわ》の多《おお》いふるさとの海《うみ》べと、沖《おき》の向《む》こうに見《み》える佐渡《さど》の島《しま》である。

✻この歌は由之《ゆうし》にやった手紙に「このごろ出雲崎《いづもざき》にて」の詞書《ことばがき》で書きつけた三首連作のもの。そのとき由之は隣村の石地《いしじ》（現在の新潟県柏崎市《かしわざきし》）にのがれ住んでいたか、いずれにせよ佐渡《さど》の見えるところに居たであろう。

「たらちね」は「母」の枕詞《まくらことば》。「母」は良寛および由之の出生地で、出雲崎から望める佐渡は母の形見と思って眺めようではないか、由之よ元気を出せ、そういう励ましの意味がこめられている。

「いにしへに」の歌は、古くからの出雲崎海岸も向こうに見える佐渡が島もいずれも変わらない、悠久の自然は変わらないよと、「たらちねの」の歌の意味を補強する。

「荒磯海《ありそみ》」は、岩の多い海べのことである。

三首連作の最後の歌は、出雲崎の中山《なかやま》の西照坊《さいしょうぼう》に落ち着いてから認《したた》めたもの。

草《くさ》の庵《いほ》に　足《あし》さしのべて　を山田《やまだ》の　かはづの声《こゑ》を　聞《き》かくしよしも

（庵の中で思いきり足を伸ばして、山の間の田に鳴いている蛙の声を聞くのは、まことに楽しいことよ）

由之よ、このような閑雅な生き方もあるのだよ、と風雅の世界を暗示する。

良寛生誕の地　良寛堂

◈天《あめ》の河原《かわら》——渡《わた》し守《もり》はや舟出《ふなで》せよ

ひさかたの　棚機《たなばた》つ女《め》は　いまもかも　天《あま》の河原《かはら》《カワラ》に　出《い》で立《た》たすらし
渡《わた》し守《もり》　はや舟出《ふなで》せよ　ぬばたまの　夜霧《よぎり》は立《た》ちぬ　川《かは》《カワ》の瀬《せ》ごとに

年《ねん》に一度《いちど》しか逢《あ》えない彦星《ひこぼし》を待《ま》って、棚機《たなばた》ひめは今《いま》ちょうどかなあ、天《あま》の川《かわ》の河原《かわら》に出《で》てお立《た》ちであろう。

天《あま》の川《かわ》の渡《わた》し守《もり》よ。彦星《ひこぼし》を乗《の》せて早《はや》く舟出《ふなで》をしなさい。暗《くら》い夜《よる》は川《かわ》の瀬《せ》ごとに深《ふか》い霧《きり》が立《た》ちこめており、渡《わた》るのに危《あぶ》ないから。

✿自筆歌集『布留散東《ふるさと》』に連記された「天の河」三首の歌の二つ。出雲崎《いずもざき》は、元禄《げんろく》二年（一六八九）に『おくのほそ道』の旅で松尾芭蕉《まつおばしょう》がここに一泊し、「荒海《あらうみ》や佐渡《さど》に横《よこ》たふ天《あま》の河《がは》」の名句を得た地として名高い。良寛にも、天の河の歌はわりと多い。

「ひさかたの」は、天空に関係ある語の枕詞《まくらことば》で、ここは「棚機《たなばた》つ女」(織女星）にかかる。良寛は『古今和歌集』巻四にある「秋風の吹きにし日より久方の天の河原に立たぬ日はなし」を参考にしたか。

「渡し守」の歌の「ぬばたまの」は夜の枕詞。この歌には『古今和歌六帖』巻一の「わたし守舟はや渡せ一とせに二たびきます君ならなくに」の影響があろう。そして「ぬばたまの夜霧は立ちぬ」の成句は、『万葉集』巻九の「ぬばたまの夜霧は立ちぬ衣《ころも》手《で》の高屋《たかや》の上にたなびくまでに」を借用したかもしれない。

『布留散東』に連記された「天の河」三首の三首目の歌はこれである。

ひさかたの　天《あま》の河原《かはら》の　渡《わた》し守《もり》　川波《かはなみ》たかし　心《こころ》して越《こ》せ

（夜空の天の川の河原で、彦星を渡すために待つ渡守よ。風が吹いて波が高くなったから、どうか注意して川を渡してくれよ）

澄んだ空を見上げていると、天の河伝説の連想は次から次へとひろがり、良寛も彦星と織女星の逢瀬《おうせ》にいろんな思いを駆り立てられたのだろう。

◈秋萩《あきはぎ》の花《はな》——わが宿《やど》の秋萩《あきはぎ》の花《はな》

わが宿《やど》の　秋萩《あきはぎ》の花《はな》　咲《さ》きにけり　尾上《をのへ》《オノエ》の鹿《しか》は　いつか鳴《な》くらむ《ン》
飯乞《いひこ》《イイ》ふ《ウ》と　わが来《き》てみれば　萩《はぎ》の花《はな》　みぎりしみみに　咲《さ》きにけらしも
草《くさ》の庵《いほ》《イオ》　なに咎《とが》むらむ《ン》　茅萱箸《ちがやばし》　惜《を》《オ》しむにはあらず　花《はな》をも枝《えだ》も

この宿《やど》に植《う》えてある萩《はぎ》の花《はな》が、秋《あき》になって咲《さ》いたことよ。山《やま》の頂《いただき》に住《す》む鹿《しか》は、雌《めす》の鹿《しか》を慕《した》っていつ鳴《な》き始《はじ》めるであろうか。

托鉢《たくはつ》のために、私《わたし》がこの家《いえ》に来《き》てみたところ、萩《はぎ》の花《はな》が庭一面《にわいちめん》にすきまなく咲《さ》き繁《しげ》っていたことであったよ。

この五《ご》合庵《ごうあん》で、茅萱《ちがや》の箸《はし》をなぜ無風流《ぶふうりゅう》だと咎《とが》め立《だ》てされるか。萩《はぎ》の枝《えだ》を惜《お》しんだのではない、茅萱《ちがや》の箸《はし》もまた風流《ふうりゅう》だと思《おも》うのだが。

＊「わが宿の」の歌は上杉篤興《うえすぎあつおき》『木端集《こっぱしゅう》』にある。詞書《ことばがき》に「有則《ありのり》がもとに宿《やど》りて」とあり、有則は医者で親友の原田鵲斎《じゃくさい》。良寛が病気をして、しばらく鵲斎の家に逗留《とうりゅう》した時の歌である。

「飯乞《いひこ》ふと」の歌は、阿部《あべ》定珍《さだよし》あての八月朔日《ついたち》付の手紙にある。「みぎり」は、庭または軒下の石組みのこと。「しみみに」は、よく繁っているさまをいう。この手紙には、酒や茄子《なす》を贈られた礼の追記がある。

「草の庵《いほ》」の歌は、大安寺《だいあんじ》（現在の新潟市）の医師、坂口文仲《さかぐちぶんちゅう》が、文化《ぶんか》十三年（一八一六）八月に五合庵《ごごうあん》にやってきた時に与えたもの。酒を酌《く》みながら文仲が「萩箸《はぎばし》と世《よ》に伝《つた》へしを茅萱箸花惜《ちがやばしはなを》しみてか枝惜《えだを》しみてか」と問いかけたのに返歌したものである。

坂口文仲は越後《えちご》新潟の名家で、のちに坂口家からは作家の坂口安吾《あんご》が出ている。

◈「秋《あき》の野《の》」連作十二首《れんさくじゅうにしゅ》——秋《あき》の野《の》を我《わ》が越《こ》えくれば

秋《あき》の野《の》を　我《わ》が越《こ》えくれば　朝霧《あさぎり》に　濡《ぬ》れつつ立《た》てり　女郎花《をみなへし》《オミナエシ》の花《はな》

ふりはへ《エ》て　我《わ》が来《こ》しものを　朝霧《あさぎり》の　立《た》ちなかくしそ　秋萩《あきはぎ》の花《はな》

この岡《をか》《オカ》の　秋萩《あきはぎ》すすき　手折《たを》《タオ》りもて　三世《みよ》の仏《ほとけ》に　いざ手向《たむ》けてむ《ン》

秋《あき》の野《の》の　草葉《くさば》に置《お》ける　白露《しらつゆ》を　玉《たま》に貫《ぬ》かむ《ン》と　取《と》れば散《ち》りけり

秋萩《あきはぎ》の　散《ち》りのまがひ《マガイ》に　小牡鹿《さをしか》《サオシカ》の　声《こゑ》《コエ》の限《かぎ》りを　振《ふ》りたてて鳴《な》く

秋萩《あきはぎ》の　散《ち》りか過《す》ぎなば　小牡鹿《さをしか》《サオシカ》は　臥所《ふしど》荒《あ》れぬと　思《おも》ふ《ウ》らむ《ン》かも

秋《あき》の野《の》原《はら》を私《わたし》がやって来《く》ると、朝《あさ》の霧《きり》にぬれながら、女郎花《おみなえし》の花《はな》が立《た》って咲《さ》いていることよ。

わざわざ私《わたし》がやって来《き》たのだから、朝《あさ》の霧《きり》がたちこめて、そのために隠《かく》してくれるな、秋《あき》に咲《さ》く萩《はぎ》の花《はな》を。

この岡《おか》に咲《さ》いている秋《あき》の花《はな》の萩《はぎ》やすすきを手《て》で折《お》り取《と》って、過去《かこ》・現在《げんざい》・未来《みらい》のすべての仏《ほとけ》さまに、さあお供《そな》えしてさしあげよう。

秋《あき》の野《の》原《はら》の草《くさ》の葉《は》に降《お》りている露《つゆ》を、玉《たま》のように紐《ひも》で貫《つらぬ》こうと思《おも》って手《て》に取《と》ると、すぐに散《ち》ってしまったことよ。

秋《あき》に咲《さ》く萩《はぎ》の花《はな》の散《ち》るのにまじって、雄鹿《おじか》が声《こえ》の限《かぎ》りふりしぼって鳴《な》いているよ。
秋《あき》に咲《さ》く萩《はぎ》の花《はな》の散《ち》る時期《じき》が過《す》ぎてしまったならば、雄鹿《おじか》は自分《じぶん》の寝《ね》る場《ば》所《しょ》が荒《あ》れてしまったと思《おも》うだろうなあ。

✻この連作十二首の詠草《えいそう》は文化《ぶんか》六年（一八〇九）に医師原田鵲斎《じゃくさい》のもとで病気療養中に作られた。残りの六首は現代語訳をつけて追記する。

秋《あき》の野《の》の　千草《ちぐさ》ながらに　手折《たを》りなむ　けふの一日《ひとひ》は　暮《く》れば暮《く》るとも
（秋の野の百草の花を手折って行こう、今日の一日がそれで暮れるなら暮れてもいい）

百草《ももくさ》の　花《はな》の盛《さか》りは　あるらめど　下降《したくだ》ちゆく　我《われ》ぞ羨《とも》しき
（百草は花の盛りを咲きつづけるだろうが、老い衰えて行くわたしはそれを羨《うらや》むだけだ）

秋《あき》の野《の》の　美草《みくさか》刈り敷《し》き　ひさかたの　今宵《こよひ》の月《つき》を　更《ふ》くるまで見《み》む
（秋の野の美草をいっぱいに刈り敷いて臥し、今宵の月を夜の更けるまで眺めよう）

秋《あき》の野《の》の　尾花《をばな》にまじる　女郎花《をみなへし》　今宵《こよひ》の月《つき》に　移《うつ》しても見《み》む

（そして秋の野のすすきに交じる女郎花の色を、今宵の月に移し染めにして眺めてみよう）

秋《あき》の野《の》に　うらぶれをれば　小牡鹿《さをしか》の　妻《つま》よび立《た》てて　来鳴《きな》き響《とよ》もす

（秋の野を愁《うれ》いつつさまよっていると、花妻を恋う男鹿が来て鳴き叫ぶ）

たまぼこの　道《みち》まどふまで　秋萩《あきはぎ》は　咲《さ》きにけるかも　見《み》る人《ひと》なしに

（秋の野の道に踏み迷うまでに、秋萩は切なげに咲き乱れる。見る人もなく咲き乱れる）

歌には、女郎花・秋萩・小牡鹿が立ち乱れて登場し狂おしい趣が展開する。背後には女性の面影とその気配が見えかくれする。これは良寛が『万葉集』の連作短歌の構成を学び、「秋の野」を舞台にした華麗なる情念のほとばしりがある。

◈虫《むし》の音《ね》――わが待《ま》ちし秋《あき》は来《き》ぬらし

わが待《ま》ちし　秋《あき》は来《き》ぬらし　このゆふ《ウ》べ　草《くさ》むらごとに　虫《むし》の声《こゑ》《コエ》する
ぬばたまの　夜《よ》はふけぬらし　虫《むし》の音《ね》も　わが衣手《ころもで》も　うたて露《つゆ》けき
いまよりは　つぎて夜寒《よさむ》に　なりぬらし　綴《つづ》れ刺《さ》せてふ《チヨウ》　虫《むし》の声《こゑ》《コエ》する

私《わたし》が待《ま》っていた秋《あき》が、どうやらやって来《き》たらしい。この夕暮《ゆうぐ》れどきに、どの草《くさ》むらにも虫《むし》の声《こえ》がすることよ。

夜《よる》はもうふけてしまったらしい。鳴《な》いている虫《むし》の音《ね》も、私《わたし》の着物《きもの》の袖《そで》のあたりも、ますますひどく露《つゆ》にぬれた感《かん》じがすることであるよ。

今《いま》からは、引《ひ》き続《つづ》き夜《よる》が寒《さむ》く感《かん》じられるようになるらしい。着衣《ちゃくい》の破《やぶ》れをつくろえと催促《さいそく》するように、こおろぎが鳴《な》いているから。


✻三首とも、自筆歌集『布留散東《ふるさと》』にある歌。

「わが待ちし」の歌は、いよいよ秋がやってきたらしいと、草むらから聞こえてくる虫の声に心はずませる。

「ぬばたまの」は「夜」の枕詞《まくらことば》。「うたて」は、ますますひどく。着物の袖《そで》がぐっしよりと夜露にぬれた感じを詠《よ》み止める。

「いまよりは」の歌の「綴《つづ》れ刺せ」は、着物のほころびをつくろって冬の準備をしなさいと、こおろぎの鳴き声。この歌は『古今和歌集』巻一九の「秋風にほころびぬらし藤袴《ふじばかま》つづりさせてふきりぎりす鳴く」を参考にしたか。良寛は「綴れさせてふ虫の声する」の成句がお気に入りで、しばしば用いている。

コオロギ

◈月読《つきよ》みの歌《うた》——月《つ》よみの光《ひかり》を待《ま》ちて

月《つ》よみの　光《ひかり》を待《ま》ちて　帰《かへ》《カエ》りませ　君《きみ》が家路《いへぢ》《イエジ》は　とほ《オ》からなくに
月《つ》よみの　光《ひかり》を待《ま》ちて　帰《かへ》《カエ》りませ　山路《やまぢ》《ヤマジ》は栗《くり》の　毬《いが》の落《お》つれば

月《つき》の光《ひかり》が射《さ》し出《で》るのを待《ま》ってから、お家《うち》へお帰《かえ》りなさいませ。あなたの家《いえ》までの道《みち》の距離《きょり》は、そう遠《とお》くはないのだから。

月《つき》の光《ひかり》が射《さ》し出《で》るのを待《ま》ってから、お家《うち》へお帰《かえ》りなさいませ。山《やま》の道《みち》は栗《くり》のいがが落《お》ちていて、これを踏《ふ》んでは危《あぶな》いから。

＊「月よみ」三首は阿部《あべ》家横巻にある。

阿部定珍《さだよし》が五合庵《ごごうあん》に来てくつろいでいたが、そろそろ帰りを気にしはじめたか、この歌「しまらくはここにとまらむひさかたの後《のち》には月の出《い》でむと思《おも》へば」とやったのに返したのが、一首目の良寛の歌である。定珍の家は国上山《くがみやま》の麓《ふもと》の村にあって近い。あまり遠くではないのだから、良寛は月が出るまで待ちなさいよと定珍を引き止めた。

二首目の上三句は同じでも下二が変わる。山の道は栗の毬《いが》が落ちていて、くらがりを歩くと危険だからと重ねて引き止める。「落つれば」を、村《むら》山《やま》半牧《はんぼく》『僧良寛歌集』では「多きに」と、貞心尼《ていしんに》『はちすの露』では「しげきに」と添削。

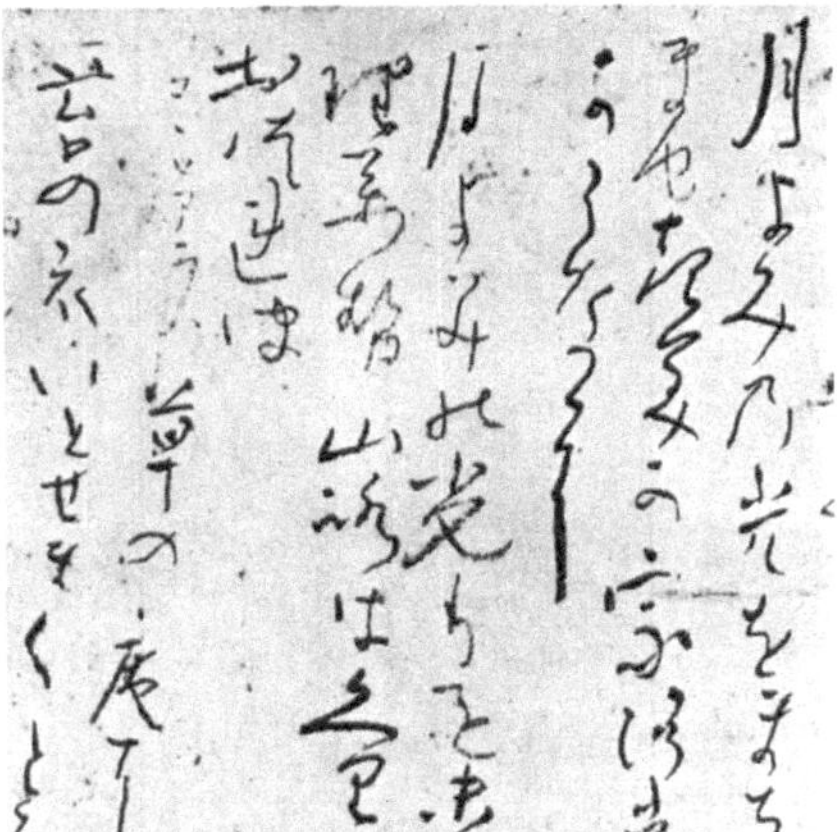

月よみ三首の遺墨

◈幼児《ようじ》の死《し》――もみぢ葉《ば》の過《す》ぎにし子《こ》らが

もみぢ《ジ》葉《ば》の　過《す》ぎにし子《こ》らが　こと思《も》へ《エ》ば　欲《ほ》りするものは　世《よ》の中《なか》に
なし
大丈夫《ますらを》《マスラオ》や　伴《とも》泣《な》きせじと　思《おも》へ《エ》ども　烟《けむり》見《み》る時《とき》　咽《む》せ反《かへ》《カエ》りつつ

亡《な》くなってしまった愛《いと》しい子《こ》どものことを思《おも》うと、その悲《かな》しみのあまり、ほしいと思《おも》うものはこの世《よ》の中《なか》に何《なに》ひとつとしてないことだ。

心《こころ》の強《つよ》い男子《だんし》同士《どうし》だから、一緒《いっしょ》になって泣《な》くことはしまいと思《おも》っていたけれど、あなたの娘《むすめ》さんが火葬《かそう》された煙《けむり》を見《み》たとき、悲《かな》しみの涙《なみだ》で思《おも》わずむせかえったことよ。

✻阿部《あべ》家横巻にある五首連記の中から二首。阿部定珍《さだよし》の長女ますの死を悲しみ、良寛が定珍に贈った歌である。

「もみぢ葉の」は「過ぎ」の枕詞《まくらことば》。「過ぎにし」は、死んでしまったの意。『万葉集』巻九の「もみぢ葉の過ぎにし児《こ》らと携《たづさ》はり遊びし磯《いそ》を見れば悲しも」の応用か。

「大丈夫」は、心の強い男子。「伴泣き」は一緒に泣くこと。「つつ」は同じ動作の反復・継続を表わし、和歌の文末に用いられた場合は後文が予定され余情がこもる。

★連作《れんさく》・連記《れんき》
定型の歌や詩を連記して、あるまとまりを構成しながら、グループ全体で余情をひろげる技法を「連作」とよぶ。『万葉集』をはじめとする伝統的な技法であるが、俳諧《はいかい》の連歌もその手法の延長にあり、松尾芭蕉《まつおばしょう》は発句だけでも連作意識で『おくのほそ道』を仕上げた。良寛も和歌だけでなく漢詩にも連作がある。

◈道照《みちて》らす紅葉《こうよう》——秋山《あきやま》をわが越《こ》えくれば

秋山《あきやま》を　わが越《こ》えくれば　たまぼこの　道《みち》も照《て》るまで　もみぢ《ジ》しにけり

山里《やまざと》は　うら寂《さび》しくぞ　なりにける　木々《きぎ》のこずゑ《エ》の　散《ち》りゆく見《み》れば

もみぢ《ジ》葉《ば》は　散《ち》りはするとも　谷川《たにがは》《ガワ》に　影《かげ》だに残《のこ》せ　秋《あき》の形見《かたみ》に

秋《あき》の山道《やまみち》をたどり私《わたし》が越《こ》えてくると、道《みち》を赤《あか》く照《て》らすまでに山《やま》の木々《きぎ》は紅《こう》葉《よう》になったことよ。

秋《あき》も終《お》わりになって、木々《きぎ》の梢《こずえ》に色《いろ》づいていた葉《は》も次々《つぎつぎ》に散《ち》っていくのを見《み》ると、この山近《やまちか》い里《さと》も何《なん》となくさびしさが増《ま》してくることだよ。

もみじの葉《は》は散《ち》ったとしても、谷川《たにがわ》に映《うつ》るその美《うつく》しい姿《すがた》だけでも残《のこ》して置《お》いてほしい。過《す》ぎてゆく秋《あき》の形見《かたみ》として。

＊いずれも、自筆歌集『布留散東《ふるさと》』にある。
「たまぼこの」は「道」の枕詞《まくらことば》。この歌は良寛が実際に紅葉の山道を歩いた印象を詠《よ》みとめた属目《しょくもく》の歌で、すがすがしい感じがある。

「山里は」の歌は、江戸の儒学者亀《かめ》田《だ》鵬斎《ぼうさい》の絵の賛にもある。鵬斎は絵画・書芸・漢詩をもよくした。寛政《かんせい》異学《いがく》の禁《きん》で江戸を追われ越後《えちご》にも来て良寛と交流した。

「もみぢ葉は」の歌は、『古今和歌

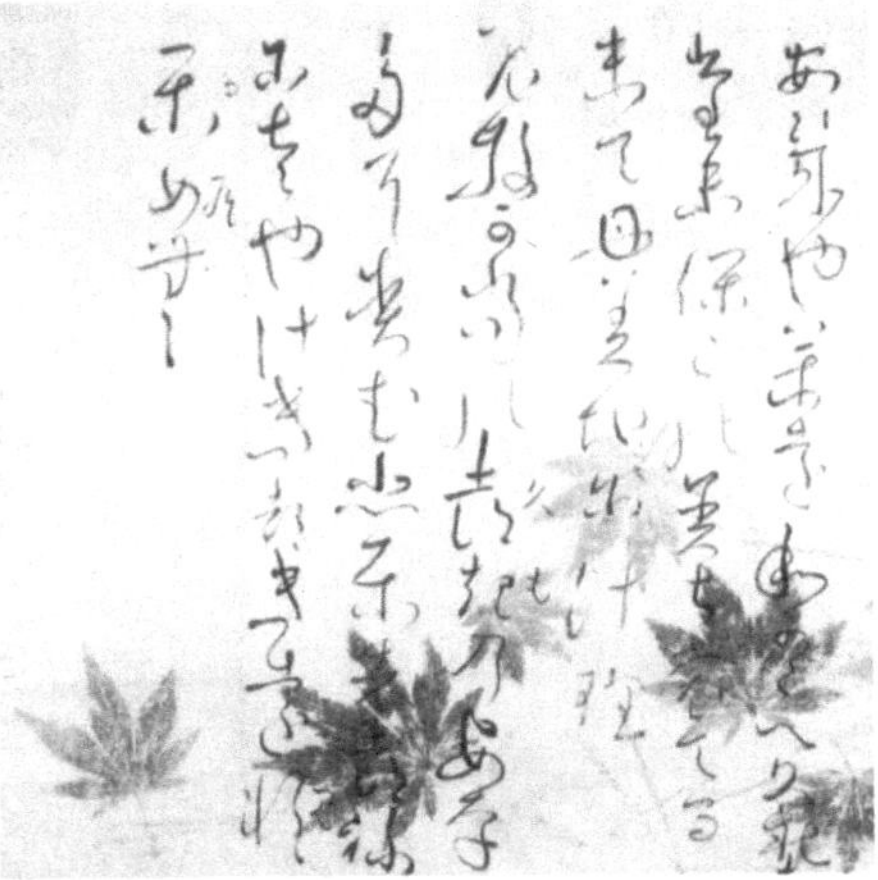

紅葉刷りの和紙に書いた「秋山をわが越えくれば」ほかの歌

集』巻一の「散《ち》りぬとも香《か》をだにのこせ梅《うめ》の花《はな》こひしき時《とき》の思《おも》いでにせん」の心を参考にしたか。

亀田鵬斎の絵に賛した良寛の「山里はうら寂しくぞ」の歌

★旋頭歌《せどうか》・長歌《ちょうか》

旋頭歌は、五七七を繰り返した六句よりなる歌。第四句から第一句（頭句）に返る形となるので、頭《かしら》を旋《めぐ》らすの意味からこの名がつけられた。古事記・日本書紀・万葉集などに多く見られる。民謡的な口誦歌《こうしょうか》が多く、五七七の句よりなる片《かた》歌《うた》を二人で唱和する形に起源があるという。万葉集・巻七の「住吉《すみのえ》の小田《をだ》を刈《か》らす子奴《こやつこ》かもなき奴《やつこ》あれど妹《いも》がみためと私田《わたくしだか》刈る」のような双本歌《ひたもとうた》の典型的な例がそれである。

長歌は、五七調を反復して連《つら》ね、終末を多く七・七とするもの。句の数は一定しない。ふつうはその後に独立させた反歌を伴う。まだ五音・七音になりきらないものをも含めて、万葉集に多く見られる。平安時代以後は衰微した。

良寛は近世の江戸後期になってから、短歌だけでなく、いくつかの旋頭歌や長歌を作っている。また、万葉歌人の柿本人麿《かきのもとひとまろ》や大伴家持《おおとものやかもち》よりも枕詞《まくらことば》を多用した。それゆえ、良寛は万葉調の歌人とよばれ、斎藤茂吉《さいとうもきち》らが「万葉調のなかの良寛調」とまで言った独自の歌風だと評されるようになった。

◈小牡鹿《さおしか》の声《こえ》――このごろの寝《ね》ざめに聞《き》けば

このごろの　寝《ね》ざめに聞《き》けば　高砂《たかさご》の　尾《を》《オ》の上《へ》《エ》に響《ひび》く　小牡鹿《さをしか》《サオシカ》の声《こゑ》《コエ》
やまたづの　向《む》かひ《イ》の岡《をか》《オカ》に　小牡鹿《さをしか》《サオシカ》立《た》てり　かみなづき　時雨《しぐれ》の雨《あめ》に
濡《ぬ》れつつ立《た》てり

秋《あき》の夜長《よなが》のこのごろは、夜中《よなか》に目《め》が覚《さ》めて、耳《みみ》に聞《き》こえてくるのは、山《やま》の頂《いただき》にまで響《ひび》きわたる、雌《めす》を呼《よ》びたてる雄鹿《おじか》の声《こえ》であるよ。

向《む》かい側《がわ》の岡《おか》の上《うえ》に、雄鹿《おじか》が身動《みうご》きもしないまま立《た》っている。冬《ふゆ》のはじめの十月《じゅうがつ》、時雨《しぐれ》の冷《つめ》たい雨《あめ》に濡《ぬ》れながら、立《た》ちつくしていることだ。

＊いずれも、自筆歌集『布留散東《ふるさと》』にある。
「高砂《たかさご》の」は「尾の上」の枕詞《まくらことば》。「小牡鹿」の「小」は接頭語で雄の鹿。秋も深まって、途中で目覚めて聞くのは雄鹿の声だけというのは、どこかせつない響きがある。

「やまたづの」の歌の詞書《ことばがき》は「やまたづ」である。「やまたづ」は、にわとこの古名で、枝葉が対生《たいせい》しているところから「むかふ」にかかる枕詞となった。この歌は旋頭《せどう》歌《か》である。別の遺墨は「やまたづの」を「朝づく日」とし、「岡」を「山」とする。

この歌は、良寛の墓の左側碑面に「国上のいほりにましし時」の詞書をつけて陰刻されている。良寛を孤独な雄鹿と見立てたものか。

良寛禅師墓碑

◆岩室《いわむろ》の一《ひと》つ松《まつ》の木《き》——岩室《いはむろ》の野中《のなか》に立《た》てる

岩室《いはむろ》《イワ》の　野中《のなか》に立《た》てる　一《ひと》つ松《まつ》の木《き》　けふ《キョウ》見《み》れば　時雨《しぐれ》の雨《あめ》に　濡《ぬ》れつつ立《た》てり

岩室《いはむろ》《イワ》の　田中《たなか》に立《た》てる　一《ひと》つ松《まつ》の木《き》　けさ見《み》れば　時雨《しぐれ》の雨《あめ》に　濡《ぬ》れつつ立《た》てり　一《ひと》つ松《まつ》　人《ひと》にありせば　笠貸《かさか》さましを　蓑着《みのき》せましを　一《ひと》つ松《まつ》あは《ワ》れ

岩室《いわむろ》の野原《のはら》の中《なか》に立《た》っている一本《ひともと》の松《まつ》の木《き》よ。今日見《きょうみ》ると時雨《しぐれ》の冷《つめ》たい雨《あめ》にぬれながら立《た》っている。まことにいとおしいことであるよ。

岩室《いわむろ》の田《た》の中《なか》に立《た》っている一本《ひともと》の松《まつ》よ。今朝見《けさみ》ると、時雨《しぐれ》の冷《つめ》たい雨《あめ》に、ぬれながら立《た》っている。一本《ひともと》の松《まつ》よ。人《ひと》であったならば笠《かさ》を貸《か》してやっただろうに、蓑《みの》を着《き》せてやっただろうに、一本《ひともと》の松《まつ》のいとおしいことよ。


✤いずれも、自筆歌集『布留散東《ふるさと》』にある。「岩室《いはむろ》」は新潟市西蒲区《にしかんく》岩室温泉《いわむろおんせん》。「時雨《しぐれ》」は晩秋から初冬にかけて降る雨で、冷たい雪まじりの時もある。「野中に立てる」の歌は旋頭歌《せどうか》である。良寛が托鉢《たくはつ》にまわった時などに、一つ松をしばしば見かけたであろう。同案の「一つ松」の歌は多い。

「田中に立てる」の歌は長歌である。「せば……まし」は、回想の助動詞「き」の未然形「せ」に接続助詞「ば」の付いた「せば」の下に、反実仮想の助動詞「まし」をともない、事実に反する事柄や実現しそうもないことを仮定し、推量する意を表わす。「を」は、感動・詠嘆の間投助詞。

一つ松は人間ではないのに、良寛はこれをひとりの人格に見立て、しぐれの雨の中にぬれながら立っている姿をしばしば見かけ、人間にも劣らない同情を示す。あるいは良寛の孤独な姿を自己投影していると見ることもできようか。

◆白雪《しらゆき》——白雪《しらゆき》は幾重《いくへ》も積《つ》もれ

白雪《しらゆき》は　幾重《いくへ》《エ》も積《つ》もれ　積《つ》もらねばとて　たまぼこの　道踏《みちふ》み分《わ》けて
君《きみ》が来《こ》なくに

この宮《みや》の　宮《みや》のみ坂《さか》に　出《い》で立《た》てば　み雪降《ゆきふ》りけり　厳樫《いつかし》が上《へ》《エ》に
淡雪《あはゆき》《アワ》の　中《なか》に立《た》てたる　三千大千世界《みちおほち》《ミチオオチ》　またその中《なか》に　泡雪《あわゆき》ぞ降《ふ》る

白《しろ》い雪《ゆき》は、幾重《いくえ》にも積《つ》もっておくれ。積《つ》もらないからといって、道《みち》に積《つ》もった雪《ゆき》を踏《ふ》み分《わ》けて、あなたが来《く》るというわけではないのだから。

この菅原神社《すがわらじんじゃ》の登《のぼ》る坂《さか》の途中《とちゅう》に立《た》って見渡《みわた》すと、白《しろ》い雪《ゆき》が清《きよ》めるようにして降《ふ》ったことよ。おごそかな境内《けいだい》に樫《かし》の木《き》がいきいきと繁《しげ》って見《み》える。

春《はる》の淡雪《あわゆき》が降《ふ》る大空《おおぞら》に、三千大千世界《さんぜんだいせんせかい》という白《しろ》い清《きよ》らかな大宇宙《だいうちゅう》が現《あら》われ、またその大宇宙《だいうちゅう》の中《なか》に立《た》つと、泡《あわ》のように消《き》えやすい雪《ゆき》が降《ふ》っている。

✻「白雪は」の歌は詞書《ことばがき》「白雪」が付き、自筆歌集『布留散東《ふるさと》』にある。この歌は旋《せ》頭歌《どうか》である。「たまぼこの」は「道」の枕詞《まくらことば》。

「この宮の」の歌には、詞書「雪《ゆき》の降《ふ》りし朝《あした》天神《あまがみ》の宮《みや》に詣《まう》でて詠《よ》める」（雪の降った朝、菅原神社に参詣《さんけい》して詠《よ》んだ歌）が付き、自筆歌集『久賀美《くがみ》』にある。「天神の宮」は新潟県燕市《つばめし》の菅原《すがわら》神社。「厳樫《いつかし》」は神聖な樫《かし》の木で神霊が宿るとも考えられた。

「淡雪《あはゆき》の」の歌は貞心尼《ていしんに》『はちすの露』で出所は一つ。「淡雪」も「泡雪」も春先に降る消えやすい雪。「三千大千世界」は、須弥山《しゅみせん》を中心とした世界が小世界、その千倍が小千世界、その千倍が中千世界、その千倍が大千世界で、この大・中・小の三種を合わせて三千大千世界の大宇宙をいう。「みちおほち」と読むのは良寛の造語。

◈百人一首《ひやくにんいつしゆ》にもなし――鶯《うぐひす》や百人《ひやくにん》ながら

鶯《うぐひす》《ウグイス》や　百人《ひやくにん》ながら　気《き》がつかず
新池《あらいけ》や　蛙《かはづ》《カワズ》とびこむ　音《おと》もなし

うぐいすの鳴《な》き声《ごえ》は昔《むかし》からもてはやされてきたのに、有名《ゆうめい》な「小倉百人一《おぐらひやくにんいつ》首《しゆ》」の歌人《かじん》たちは、百人《ひやくにん》とも一人《ひとり》として誰《だれ》もうぐいすのすばらしさを歌《うた》に詠《よ》んでいないというのは不思議《ふしぎ》なことだ。

芭蕉翁《ばしようおう》は「古池《ふるいけ》や蛙《かはづ》とびこむ水《みづ》の音《おと》」という句《く》を詠《よ》まれたが、この新《あたら》しい池《いけ》には蛙《かわず》一匹《いつぴき》も飛《と》び込《こ》む音《おと》もしない。このように今《いま》の世《よ》の中《なか》には、芭蕉翁《ばしようおう》に続《つづ》く人物《じんぶつ》はいないことだ。

✽第一句の季語は「鶯《うぐひす》」で季は春。『万葉集』はじめ古歌集には、うぐいすがしばしば歌われているが、どうしたことか藤原定家《ふじわらのさだいえ》の編んだ『小倉《おぐら》百人一首』には出てこない。良寛は『万葉集』や『古今和歌集』『新古今和歌集』などいつも参照していたから、この欠落に気づいた。鶯の類句がある。「鶯に夢さまされし朝げかな」

第二句の季語は「蛙」で季は春。出所は貞心尼《ていしんに》編『はちすの露』である。江戸の文人亀田鵬斎《かめだぼうさい》に「古池やその後とびこむ蛙なし」の句がある。良寛は、芭蕉《ばしょう》の句の意味を裏返して、やはり伝統文芸に学ぶことの大切さを説いたものか。

◈納涼《のうりよう》の初《はつ》ほたる――さわぐ子《こ》の捕《と》る智恵《ちゑ》はなし

さわぐ子《こ》の　捕《と》る智恵《ちゑ》《チエ》はなし　初《はつ》ほたる
人《ひと》の皆《みな》　ねぶ《ム》たき時《とき》の　ぎやう《ギヨ》ぎやう《ギヨ》し
鉄鉢《てつぱつ》に　明日《あす》の米《こめ》あり　夕涼《ゆふすず》《ユウ》み

今年《ことし》はじめて見《み》つけた蛍《ほたる》を、子《こ》どもたちが珍《めずら》しがって騒《さわ》ぐけれども、飛《と》んでいる蛍《ほたる》はうまくつかまらない。子《こ》どもはまだつかまえるだけの気働《きばたら》きを持《も》ち合《あ》わせていないようだ。

芭蕉翁《ばしようおう》をはじめ、人《ひと》がみな眠《ねむ》たくてたまらない夏《なつ》の季節《きせつ》に、よしきりよ、そんなにやかましく鳴《な》きたてて、眠《ねむ》りをさまたげないでほしい。里《さと》の家《いえ》を回《まわ》って施《ほどこ》しを受《う》けるこの鉄《てつ》の鉢《はち》に、明日《あす》の朝煮《あさに》るお粥《かゆ》のぶんだけの米《こめ》はある。これで安心《あんしん》だ。この夕暮《ゆうぐ》れ時《どき》の涼《すず》しさをゆっくりと楽《たの》しもう。

✻第一句の季語は「初ほたる」で季は夏。この遺墨は、越後《えちご》の粟生津《あおうづ》（新潟県燕市《つばめし》）の医師、鈴木隆造《りゅうぞう》（桐軒）の旧蔵という。隆造の弟に陳造《ちんぞう》（文台《ぶんたい》）もいて、良寛はよく鈴木家を訪れていた。近くを流れる西川のあたりで初ほたるを捕ろうとしていた子どもの様子を詠《よ》みとめたか。

第二句は季語「ぎやうぎやうし」で季は夏。ぎょうぎょうしは、スズメ目ヒタキ科の鳥よしきりの異称。出所は貞心尼《ていしんに》編『はちすの露』。芭蕉《ばしょう》の句「能なしの寝《ね》たし我《われ》をぎやうぎやうし」（『嵯峨《さが》日記』）を受けて詠んだ。

第三句は季語「夕涼み」で季は夏。暑い夏の日は托鉢《たくはつ》にも苦労が多いが、それでもわずかばかりの米があると安堵《あんど》の気持ちが出ている。

◈風流心《ふうりゅうしん》は奪《うば》えない――盗人《ぬすびと》にとり残《のこ》されし

盗人《ぬすびと》に　とり残《のこ》されし　窓《まど》の月《つき》
柿《かき》もぎの　金玉《きんたま》寒《さむ》し　秋《あき》の風《かぜ》
我《わ》が恋《こひ》《コイ》は　ふくべでどぢやう《ジョウ》を　押《お》すごとし

庵《いおり》で寝《ね》ている夜中《よなか》に泥棒《どろぼう》が入《はい》った。目《め》ぼしい物《もの》が一《ひと》つもない庵《いおり》の中《なか》から、寝《ね》ていた敷布団《しきふとん》を持《も》って行《い》った。窓《まど》の外《そと》には明《あか》るい月《つき》が輝《かがや》いている。あのすばらしい月《つき》だけは奪《うば》えない。風流心《ふうりゅうしん》も奪《うば》えないよ。

高《たか》い柿《かき》の木《き》に登《のぼ》って実《み》をもぎ取《と》っている男《おとこ》の人《ひと》を見上《みあ》げると、下帯《したおび》からのぞく股間《こかん》の睾丸《こうがん》が、冷《つめ》たい秋《あき》の風《かぜ》に吹《ふ》かれて寒々《さむざむ》と感《かん》じられることよ。

人《ひと》から私《わたし》の恋《こい》について尋《たず》ねられたら、瓢箪《ひょうたん》で泥鰌《どじょう》をつかまえようとするような不器用《ぶきよう》さで、自分《じぶん》の気持《きも》ちがどうもうまく伝《つた》えられないありさまだ。

✽第一句は季語「月」で季は秋。解良栄重《けらよししげ》の『良寛禅師奇話』45段にもある話。実際に何度も泥棒に押し入られている。泥棒は庵《いおり》の中に盗むような目ぼしいものがない。仕方なしに泥棒は良寛の寝ている敷布団を引いて奪おうとした。良寛はさっきから寝たふりをしたまま、寝返りを打って泥棒が盗みやすくしてやったという。これは良寛が直接話して聞かせた話である。ふつうなら負け惜しみのようだが、良寛は泥棒の仕《し》業《わざ》に心から同情したのである。

第二句の季語は「柿・秋の風」で季は秋。出雲崎《いずもざき》（新潟県三島《さんとう》郡出雲崎町）の関川《せきかわ》万助《まんすけ》は歌人で良寛と親しかった。ある日良寛が万助を訪ねると、万助は柿の実を取っていた。良寛は賭《か》け碁《ご》を申し込む。良寛が勝てば綿入れの着物をもらい、負けたら書を書くと約束した。万助が勝つと、良寛は筆をとり、この句を書く。三回とも万助が勝ったが、みな同じ句だった。万助が不平を鳴らすと、良寛は「同じ碁の上でのことだから、みな同じ句にしたのだ」と言って大笑いするだけだった。

第三句の季語は「ふくべ」で季は秋。「ふくべでどぢやうをおす」は、諺《ことわざ》で「瓢簞《ひょうたん》で鯰《なまず》を押《お》さえる」という「瓢簞鯰」と同じもののたとえである。すべすべした丸い瓢簞でぬるぬるした泥鰌《どじょう》を捕まえようとするのは、とらえどころがなくて要領を得ないという意味である。実際に良寛がこの句を書いた瓢簞は、水指しになって残っている。

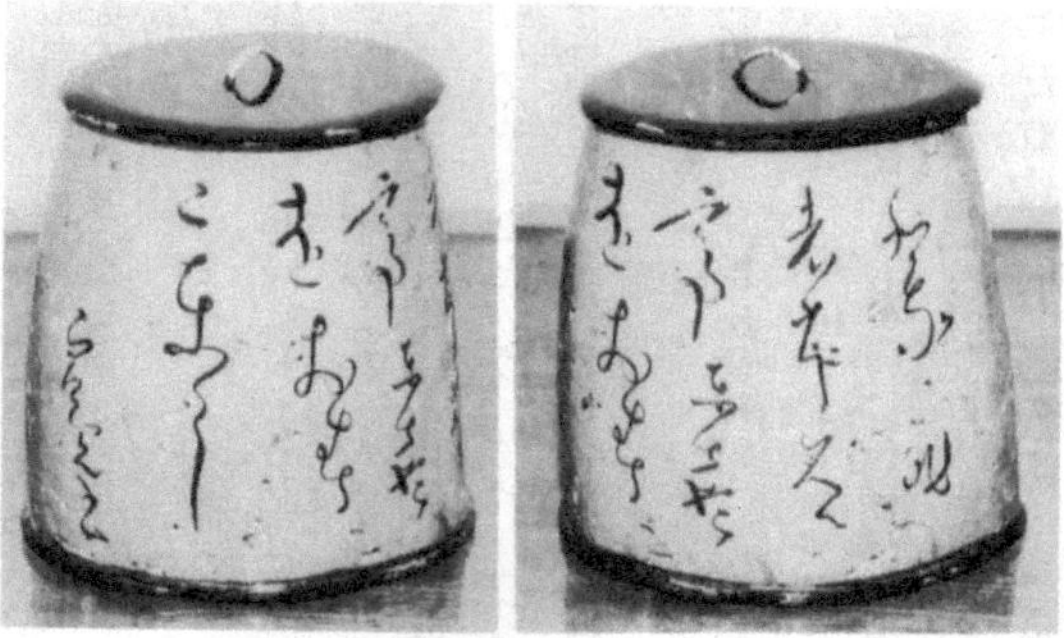

瓢簞で作った水指し

◆初時雨《はつしぐれ》の冬山《ふゆやま》——初《はつ》しぐれ名《な》もなき山《やま》の

初《はつ》しぐれ　名《な》もなき山《やま》の　おもしろき
のつぽりと　師走《しはす》《シワス》も知《し》らず　弥彦山《やひこやま》
山《やま》しぐれ　酒《さか》やの蔵《くら》に　波深《なみふか》し

今年《ことし》はじめての冷《つめ》たい時雨《しぐれ》が降《ふ》った。ありふれた名《な》もない山《やま》ではあるが、木《こ》の葉《は》が落《お》ちつくした山《やま》に降《ふ》る雨《あめ》の様子《ようす》は、何《なに》か心《こころ》ひかれる趣《おもむき》があるよ。

弥彦山《やひこやま》は、ほかの山《やま》から一《ひと》つだけ離《はな》れて高《たか》く立《た》っている。このせわしない十二月《じゅうにがつ》という時季《じき》も知《し》らぬげで、ゆったりとそびえていることだなあ。

山《やま》に降《ふ》っていた時雨《しぐれ》が里《さと》にも降《ふ》り、寒《さむ》い季節《きせつ》は酒《さけ》もできあがる。酒屋《さかや》の蔵《くら》の造《つく》り酒《ざけ》も底《そこ》まで泡《あわ》が通《とお》って、よい酒《さけ》になったようだわい。

✿第一句は季語「初しぐれ」で冬。

良寛は諸国放浪時代のような初期のころの句には歌枕《うたまくら》の地を訪ねて作ったものが多かった。しかし、和歌にも独自の工夫が見られるようになり、和歌の進境につれてこの句のように「名もなき山」にも情趣を感じたという。

第二句は季語「師走《しはす》」で冬。弥彦山《やひこやま》は良寛の住んだ国上山《くがみやま》とならんで、新潟県の西《にし》蒲原《かんばら》平野の海岸側に立つ標高六三四メートルの山である。麓《ふもと》には越後《えちご》一《いち》の宮《みや》の弥彦神社がある。そのゆったりとした山容をたたえた。

第三句は季語「山しぐれ」で冬。山はしぐれてはいるが、その山里の酒蔵では、くつくづと泡が通り、良い加減の酒ができ上がりつつあると、酒好きの想像をたくましくした一句である。阿部《あべ》家での情景を詠《よ》んだか。

◈竹林《ちくりん》を愛《あい》す――余《よ》が家《いえ》に竹林《ちくりん》有《あ》り

余《よ》が家《いえ》に竹林《ちくりん》有《あ》り
冷冷《れいれい》数千干《すうせんかん》
笋《たけのこ》は迸《わき》でて全《すべ》て路《みち》を遮《さえぎ》り
梢《こずえ》は高《たか》くして斜《なな》めに天《てん》を払《はら》ふ《ウ》
霜《しも》を経《へ》て陪《ますます》精神《せいしん》あり
烟《もや》を隔《へだ》てて転《うたた》幽間《ゆうかん》なり
宜《よろ》しく松柏《しょうはく》の列《れつ》に在《あ》るべし
那《なん》ぞ桃李《とうり》の妍《けん》に比《ひ》せんや
竿《みき》は直《なお》くして節《ふし》は弥《いよいよ》高《たか》く
心《しん》は虚《むな》しくして根《ね》は愈《いよいよ》堅《かた》し
多《た》とす爾《なんじ》が貞清《ていせい》の質《しつ》

余家有竹林
冷冷数千干
笋迸全遮路
梢高斜払天
経霜陪精神
隔烟転幽間
宜在松柏列
那比桃李妍
竿直節弥高
心虚根愈堅
多爾貞清質

千秋《せんしゅう》希《ねが》は《ワ》くは遷《うつ》ること莫《な》きを

千秋希莫遷

わが家《や》には竹《たけ》の林《はやし》がある。数千本《すうせんぼん》の幹《みき》がいかにも清《きよ》らかで涼《すず》しげだ。春《はる》には竹《たけ》の子《こ》がニョキニョキとわき出《で》て道《みち》がさえぎられて通《とお》れなくなるほどだし、その梢《こずえ》は高《たか》く天《てん》を払《はら》うかのようだ。この竹林《ちくりん》は秋《あき》の霜《しも》に打《う》たれると生《せい》気《き》が増《ま》し、春《はる》のもやがかかると一層《いっそう》静《しず》かで奥《おく》ゆかしい。竹《たけ》は松《まつ》や檜《ひのき》のように四季《しき》に変《かわ》らぬ節操《せっそう》ある植物《しょくぶつ》の仲間《なかま》に入《い》れるべきで、桃《もも》や李《すもも》のなまめかしさとは比較《ひかく》にならない。その幹《みき》はまっすぐで節操《せっそう》はますます高《たか》い。心《こころ》は虚《むな》しく雑念《ざつねん》がなく、根《ね》はますます堅《かた》い。私《わたし》はあなたの清潔《せいけつ》で操《みさお》の正《ただ》しい性質《せいしつ》を愛《あい》する。どうか永遠《えいえん》にその性質《せいしつ》を変《か》えないでほしい。

✿この詩は『草堂集貫華《そうどうしゅうかんげ》』ほかどの自筆詩集の雑詩（無題詩）の部にもあり、詩句はほとんど変わっていない。

良寛は松竹梅の実物をこよなく愛したが、とりわけ竹に寄せる思いは格別のものがあった。この詩を屏風《びょうぶ》に大書した遺墨は多い。

古代中国楚《そ》の詩人屈原《くつげん》は若い清潔な自分を橘《たちばな》にたとえ、みずからの志を「橘頌《きつしょう》」に歌いあげた。良寛はみずからを五合庵《ごごうあん》の周辺に生える竹にたとえ、この詩の背景には、若いころの屈原の志操にならった良寛の思いが出ているといえよう。

★良寛逸話《りょうかんいつわ》②——便所《べんじょ》を焼《や》く

解良栄重《けらよししげ》の『良寛禅師奇話』37段にある話。

五合庵に住んでいたころ、庵《いおり》の周辺には孟宗《もうそう》竹の竹林があった。春になると、別棟の便所にも竹の子が生えた。日ましにどんどん伸びてきて、とうとう草の屋根につかえるほどに成長した。

良寛は毎日これを見ていて、屋根にあたっては竹の子がかわいそうだと、ロウソクの火で屋根に穴をあけようとした。過って便所をみな燃やしてしまった。

◈名利《みようり》の塵《ちり》――生涯《しようがい》身《み》を立《た》つるに懶《ものう》く

生涯《しようがい》身《み》を立《た》つるに懶《ものう》く
騰騰《とうとう》天真《てんしん》に任《まか》す
嚢中《のうちゆう》三升《さんじよう》の米《こめ》
炉辺《ろへん》一束《いつそく》の薪《たきぎ》
誰《たれ》か問《と》はん迷悟《めいご》の跡《あと》
何《なん》ぞ知《し》らん名利《みようり》の塵《ちり》
夜雨《やう》草庵《そうあん》の裏《うち》
双脚《そうきやく》等閑《とうかん》に伸《の》ばす

生涯懶立身
騰騰任天真
嚢中三升米
炉辺一束薪
誰問迷悟跡
何知名利塵
夜雨草庵裏
双脚等閑伸

私《わたし》は生《う》まれてこのかた、世間《せけん》でいうりっぱな人《ひと》になろうという気《き》になれず、自分《じぶん》の天性《てんせい》のまま自由自在《じゆうじざい》に生《い》きてきた。食糧《しよくりよう》はといえば頭陀袋《ずだぶくろ》の中《なか》に三《さん》升《じょう》の米《こめ》があり、燃料《ねんりょう》といえば炉端《ろばた》に一束《ひとたば》の薪《たきぎ》があるきりだ。迷《まよ》った悟《さと》ったのという修行《しゅぎょう》の跡《あと》などはすっかり払拭《ふっしょく》し、名誉《めいよ》とか利益《りえき》への執心《しゅうしん》はまったくない。雨《あめ》の降《ふ》る夜《よる》は草庵《そうあん》の中《なか》で、両足《りょうあし》を思《おも》いきり伸《の》ばして眠《ねむ》るのだ。

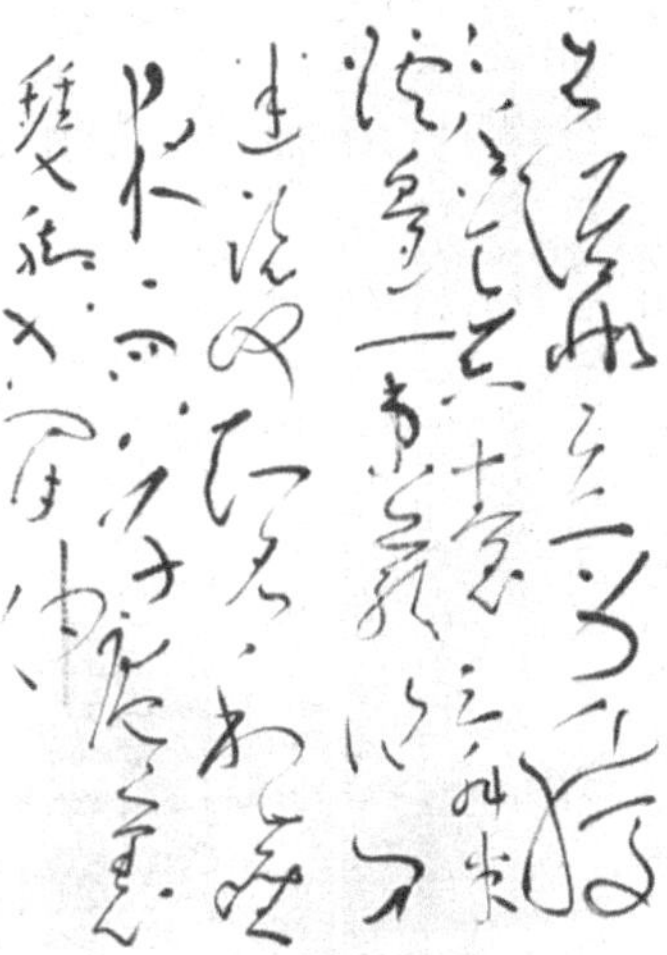

良寛が屛風に揮毫した詩
「生涯懶立身」の草書

✲この詩は『草堂集貫華《そうどうしゅうかんげ》』をはじめとするどの自筆詩集にも、雑詩（無題詩）の部に中心的な位置を占めている。この作品は良寛の会心の作であり、遺墨の数も多い。「懶」は、気がむかない、やる気が起きないの意。「立身」は、本来は修養を積んで人格を完成させるという意であるが、ここでは日本的な立身出世の意味に用いられている。「騰騰」は、自由自在に駆けまわり、随所に無我の妙用を現わすさまをいう。「天真」は、天性のまま自由自在であること。「誰か問はん迷悟の跡」は、古人の行跡など気にかけない。「何ぞ知らん名利の塵」は、名誉や利益にこだわり執着するわずかな心すら残さないことをいう。

最初の二句は自己の本質を吐露し、続く二句は簡素な日常生活のありようを示し、続く二句では物事にこだわらない悟りの境地をのべ、最後の二句は草庵《そうあん》内の自由で孤高なさまを詠じた。円通寺《えんつうじ》で修行し、清貧に生きるべきことを学んだ良寛が帰郷して五合庵《ごごうあん》に住み、実際に到達した内心の姿と生き方がここにある。

◈乞食行《こつじきぎょう》——十字街頭食《じゅうじがいとうじき》を乞《こ》ひ了《おわ》り

十字街頭食《じゅうじがいとうじき》を乞《こ》ひ了《おわ》り
八幡宮辺《はちまんぐうへん》方《まさ》に徘徊《はいかい》す
児童《じどう》相見《あいみ》て共《とも》に相語《あいかた》る
去年《きょねん》の痴僧《ちそう》今又《いままた》来《きた》ると

十字街頭乞食了
八幡宮辺方徘徊
児童相見共相語
去年痴僧今又来

町《まち》の盛《さか》り場《ば》で托鉢《たくはつ》をし終《おわ》って、ちょうど八幡宮《はちまんぐう》のあたりをぶらついていた。すると子《こ》どもたちが私《わたくし》を見《み》つけて話《はな》し合《あ》う声《こえ》が聞《き》こえる。「去年《きょねん》のへんなお坊《ぼう》さんがまたやってきたよ」と。

✿『草堂集貫華《そうどうしゅうかんげ》』ほか、どの詩集にもある。この詩の舞台は新潟県三条市八幡町《さんじょうしはちまんちょう》である。「痴僧《ちそう》」は、風変わりでばかなお坊さん。子どもたちは良寛をこのように見て、気やすく接近してくる。その親愛の声を、良寛は嬉《うれ》しく受け止めた。

◈にわか雨《あめ》——今日食《こんにちじき》を乞《こ》ひて驟雨《しゅうう》に逢《あ》ひ

今日食《こんにちじき》を乞《こ》ひて驟雨《しゅうう》に逢《あ》ひ
暫時《ざんじ》廻避《かいひ》す古祠《こし》の中《うち》
咲《わら》ふ可《べ》し一嚢《いちのう》と一鉢《いっぱつ》と
生涯《しょうがい》蕭灑《しょうさい》たり破家《はか》の風《ふう》

今日乞食逢驟雨
暫時廻避古祠中
可咲一嚢与一鉢
生涯蕭灑破家風

今日《きょう》、托鉢《たくはつ》に回《まわ》っている最中《さいちゅう》、にわか雨《あめ》にあった。しばらく古《ふる》いお宮《みや》の中《なか》へ雨《あま》やどりに駆《か》けこんだ。自分《じぶん》の身《み》なりは、頭陀袋《ずだぶくろ》と木鉢《きばち》しか持《も》たないのに何《なん》となくおかしいですね。生涯無一物《しょうがいむいちぶつ》の私《わたくし》が雨《あま》やどりしているなんて。

✽『草堂集貫華《そうどうしゅうかんげ》』ほか、どの詩集にもある。「咲《わら》ふ可《べ》し」は、自嘲《じちょう》の意を含め、われながらおかしく恥ずかしいと。「蕭灑《しょうさい》」は、さっぱり清いさま。「破家の風」は、破産者ぶり。雨やどりするほどの立派な身なりでもないのに、あわてるとはと。

◈手《て》まりつく詩《し》——袖裏《しゅうり》の毬子《きゅうし》直千金《あたいせんきん》

袖《しゅう》裏《り》の毬《きゅう》子《し》直千金《あたいせんきん》
謂《い》ふ言《われ》好手《こうしゅ》にして等匹《とうひつ》無しと
可中《かちゅう》《ウ》の意旨《いし》若《も》し相問《あいと》は《ワ》ば
一二《いちに》三四《さんし》五《ご》六七《ろくしち》

袖裏毬子直千金
謂言好手無等匹
可中意旨若相問
一二三四五六七

衣《ころも》のたもとの中《なか》のあや糸《いと》で綴《つづ》った手《て》まりは、千金《せんきん》のねうちがあるよ。われこそ無敵《むてき》の手《て》まりつきと思《おも》っているくらい。このまりをつく意味《いみ》をもしおたずねになりたければ、私《わたし》は答《こた》えてあげよう「ひふみよいむな」とね。

＊詩題は「毬子《きゅうし》」。次項の詩「闘草《とうそう》」と連記され『草堂集貫華《そうどうしゅうかんげ》』ほかどの自筆詩集にも収録されている。この詩を大書した遺墨は多い。

「等匹」は、同じ程度（技量）の人の意。「一二三四五六七」は、子どもでも知っているあたりまえのことの意。良寛がなぜ手まりをついて遊ぶのかと質問する人が多かったので、それはこうしてついてみればわかるというほどの意味で使っている。『碧《へき》巌録《がんろく》』第二一則や、『景徳伝灯録《けいとくでんとうろく》』巻一七に典故のある禅的な応答である。

のちに良寛を訪ねてきた貞心尼《ていしんに》が「師常《つね》に手まりをもて遊び給ふとききて奉《たてまつ》るとて、これぞこの仏の道に遊びつつつきや尽きせぬ御法《みのり》なるらむ」と問いかけたのに、良寛は「御かへし、つきてみよ一二三四五六七八九《ひふみよいむなやここ》の十《とを》十とをさめてまたはじまるを」と答えている。

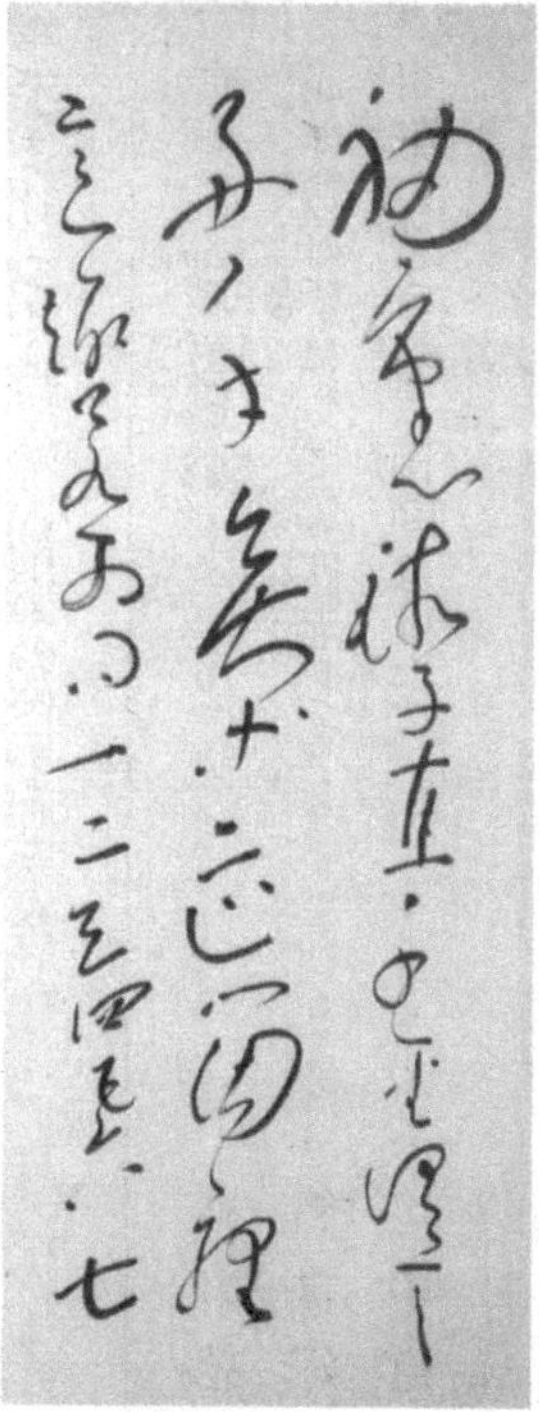

袖裏毬子直千金

◈草遊《くさあそ》び——也《ま》た児童《じどう》と百草《ひゃくそう》を闘《たたか》はす

也《ま》た児童《じどう》と百草《ひゃくそう》を闘《たたか》は《ワ》す
闘《たたか》ひ《イ》去《さ》り闘《たたか》ひ《イ》来《きた》りて転《うたた》風流《ふうりゅう》
日暮《にちぼ》寥 寥《りょうりょう》 人《ひと》帰《かえ》りし後《のち》
一輪《いちりん》の明月《めいげつ》素秋《そしゅう》を凌《しの》ぐ

也与児童闘百草
闘去闘来転風流
日暮寥寥人帰後
一輪明月凌素秋

また、よく子《こ》どもたちと草引《くさひ》き相撲《ずもう》をして遊《あそ》ぶ。勝《か》った負《ま》けたと競《きそ》い合《あ》ってますます夢中《むちゅう》になってしまう。日《ひ》が暮《く》れて子《こ》どもたちの帰《かえ》ってしまった後《あと》には、一輪《いちりん》の明月《めいげつ》が、秋空《あきぞら》に高《たか》く輝《かがや》いている。

✻詩題は「闘草《とうそう》」。前項の詩「毬子《きゅうし》」と連記され『草堂集貫華《そうどうしゅうかんげ》』にも収録されている。「寥寥《りょうりょう》」は、さびしく空《むな》しいの意。「素秋」は秋。冒頭が「也《ま》た」ではじまるのは、詩「毬子」に続く内容だからである。

子どもたちと日の暮れるまで夢中になって遊びほうけていたが、日が暮れて子どもが皆家に帰り一人ぼっちになってしまった良寛は、秋の名月だけを友としてこのあと五合庵《ごごうあん》に帰ったのか、あるいはどこかの家へ泊めてもらったのかわからない。

★良寛逸話《りょうかんいつわ》③——死《し》んだふり

解良栄重《けらよししげ》の『良寛禅師奇話』9段にある話。

良寛の行くところどこの村里でも、子どもたちは待ち受けて悪戯《いたずら》をする。どこの里だったか、良寛は子どもたちと遊んでは、よく死んだふりをして道ばたで横になった。子どもは良寛に野草をかけたり木の葉をかぶせたりと、葬式の真似《まね》をして笑いさざめく。それでも良寛は生き返らない。

やがて悪知恵のまわる子がいた。良寛が死人のふりをすれば、その鼻を手でつまむ。良寛も長い間そうされてはたまらないから、生き返るしかない。これというのも良寛が一服して呼吸を調えるためにしたことではなかろうか、と。

◇欲無《よくな》ければ――欲無《よくな》ければ一切足《いっさいた》り

欲無《よくな》ければ一切足《いっさいた》り
求《もと》むる有《あ》れば万事窮《ばんじきゅう》す
淡菜《たんさい》飢《う》ゑ《エ》を療《いや》す可《べ》く
衲衣《のうえ》聊《いささ》か躬《み》に纏《まと》ふ《ウ》
独《ひと》り往《ゆ》きて麋鹿《びろく》を伴《とも》にし
高歌《こうか》して村童《そんどう》に和《わ》す
耳《みみ》を洗《あら》ふ《ウ》巌下《がんか》の水《みず》
意《こころ》に可《か》なり嶺上《れいじょう》の松《まつ》

無欲一切足
有求万事窮
淡菜可療飢
衲衣聊纏躬
独往伴麋鹿
高歌和村童
洗耳巌下水
可意嶺上松

欲《よく》ばらなければ何《なに》ごとにも満《み》ち足《た》りた思《おも》いになるが、むさぼる気持《きも》ちのある限《かぎ》り万事《ばんじ》が行《い》きづまる。わずかの青菜《あおな》でも飢《う》えはしのげるし、粗末《そまつ》な衣《ころも》でもまあ身《み》にまとっている。ただ一人《ひとり》で山《やま》に入《はい》るときは鹿《しか》たちといっしょに行《い》き、大声《おおごえ》をはりあげて村《むら》の子《こ》どもたちと合唱《がっしょう》をする。岩清水《いわしみず》で俗塵《ぞくじん》に汚《よご》された耳《みみ》を洗《あら》えば、嶺《みね》の上《うえ》の松声《しょうせい》がなんと快《こころよ》く聞《き》こえることか。

＊『草堂詩集《そうどうしじゅう》』（天巻《てんかん》）以後の詩集にある雑詩（無題詩）。「衲衣《のうえ》」は僧の着る衣で、もともとは人の捨てた布（糞掃衣《ふんぞうえ》）を拾いあつめて洗い縫い合わせた袈裟《けさ》のこと。「独《ひと》り往《ゆ》きて麋鹿《びろく》を伴《とも》にし」は、一人で行くときは鹿をお伴につれてゆく。「耳《みみ》を洗《あら》ふ」は、古代の皇帝堯《ぎょう》が箕山《きざん》の隠士許由《きょゆう》に天下を譲りたいと言ったところ、許由は汚れた言葉を聞いたと言って、潁水《えいすい》のほとりで耳を洗ったという故事（『史記《しき》』伯夷列伝《はくいれつでん》）にもとづく。

この詩には、良寛の人生観が示される。世俗の煩《わずら》わしさを避け、自由で志を高く持ち、欲望を取り払って清く生きていこうとする人生態度が語られている。「欲がなければ」というが、生きる意欲とか気力を否定したのではない。もっと下世話な意味での貪欲《とんよく》＝むさぼりをたしなめた。『老子《ろうし》』第三十三章に「足るを知る者は富む」とのべ、つまり「満足を知ることが、ほんとうの豊かさである」とある。

◈世《よ》の栄枯《えいこ》盛衰《せいすい》――世上《せじよう》の栄枯《えいこ》は雲《くも》の変態《へんたい》

世上《せじよう》の栄枯《えいこ》は雲《くも》の変態《へんたい》
五十餘年《ごじゆうよねん》は一夢《いちむ》の中《うち》
疎雨《そうう》蕭《しようしよう》蕭たり草庵《そうあん》の夜《よる》
閑《しず》かに衲衣《のうえ》を擁《よう》して虚窓《きよそう》に倚《よ》る

世上栄枯雲変態
五十餘年一夢中
疎雨蕭蕭草庵夜
閑擁衲衣倚虚窓

世《よ》の中《なか》の人《ひと》の栄枯《えいこ》盛衰《せいすい》は、雲《くも》の姿《すがた》が変《か》わるように移《うつ》り変《か》わる。五十余年《ごじゆうよねん》の変転《へんてん》の生涯《しようがい》も一場《いちじよう》の夢《ゆめ》の中《なか》の出来《でき》ごとのようであった。小雨《こさめ》がさびしく夜《よる》の草庵《そうあん》に降《ふ》りかかる中《なか》で、静《しず》かに僧衣《そうい》にくるまり窓《まど》の下《した》によりかかる。

✲詩題は「夜雨」。写本『良寛尊者詩集《りようかんそんじやししゆう》』にある。「蕭蕭《しようしよう》」は、ものさびしい。良寛の五十歳は文化《ぶんか》四年（一八〇七）である。「五十有余年」とあるのは文化八年ころまでの作か。生家 橘屋《たちばなや》の滅亡をふまえていよう。

◈春《はる》を惜《お》しむ――芳草萋萋《ほうそうせいせい》として春将《はるまさ》に暮《く》れんとし

芳草萋萋《ほうそうせいせい》として春将《はるまさ》に暮《く》れんとし
桃花乱点《とうからんてん》して水悠悠《みずゆうゆう》たり
我《わ》も亦従来《またじゅうらい》 忘機《ぼうき》の者《もの》なるに
風光《ふうこう》に悩乱《のうらん》せられて殊《こと》に未《いま》だ休《きゅう》せず

芳草萋萋春将暮
桃花乱点水悠悠
我亦従来忘機者
悩乱風光殊未休

かぐわしい草花《くさばな》があたりに繁茂《はんも》し、春《はる》はまさに過《す》ぎ去《さ》ろうとしている。桃《もも》の花《はな》びらがひらひらと川面《かわも》に散《ち》って、川《かわ》の水《みず》はゆったりと流《なが》れる。私《わたくし》はもともと僧《そう》として俗念《ぞくねん》を忘《わす》れた人《ひと》であるが、この春《はる》の景色《けしき》にはすっかり夢中《むちゅう》になり、休《やす》むひまもないほどあちこち花《はな》を見《み》に歩《ある》いていることだ。

✻詩題は「春暮」。写本『良寛尊者詩集《りょうかんそんじゃししゅう》』にある。冬の長い越後《えちご》は、待ちに待った春になると梅も桜もいっせいに咲きだし、少し遅れて桃の花も咲きはじめる。とくに中《なか》ノ口川《くちがわ》の東岸にある友人の有願和尚《うがんおしよう》の庵《いおり》のあった新潟市新飯田《にいだ》は桃の名所で、冬から解放された良寛の喜びが表れている。

★平仄《ひようそく》・押韻《おういん》

漢詩の作法として、八句詩の場合は二・四・六・八句の最後の漢字の音韻を一定のルールで統一するというきまりがある。そのルールにかなった詩を「律詩《りつし》」とよび、四句詩は「絶句《ぜつく》」とよんでいる。これは漢字を「音読《おんどく》」する場合には、音韻のバランスが美しくひびくようにとの配慮から発生した。

しかし、良寛の漢詩は平仄・押韻のきまりを踏んでいない。日本人にとって漢詩は「訓読《くんどく》」つまり読み下しによって教えられ鑑賞されてきた。もとは定型詩でも、「文語自由詩としての訓読漢詩」が、わが国の和歌・俳句などの定型詩を相補うという存在意義をもって広く親しまれてきたのである。

良寛は作詞するときも訓読しながら漢字の詩句をさがしては、五言詩《ごごんし》・七言詩《しちごんし》の定型を整えたから、平仄・押韻を無視したのは当然である。

◈僧《そう》たる者《もの》は――落髪《らくはつ》して僧伽《そうぎゃ》と為《な》り

落髪《らくはつ》して僧伽《そうぎゃ》と為《な》り
乞食《こつじき》して聊《いささ》か素《そ》を養《やしな》ふ
自見《じけん》已《すで》に此《か》くの如《ごと》し
如何《いかん》ぞ省悟《せいご》せざる
我《われ》出家《しゅつけ》の児《じ》を見《み》るに
昼夜《ちゅうや》浪《みだ》りに喚呼《かんこ》す
祇《た》だ口腹《こうふく》の為《ため》の故《ゆえ》に
一生《いっしょう》　外辺《がいへん》に騖《は》す
白衣《びゃくえ》にして道心《どうしん》無《な》きは
猶《な》尚《お》是《こ》れ恕《ゆる》す可《べ》し
出家《しゅつけ》にして道心《どうしん》無《な》きは

落髪為僧伽
乞食聊養素
自見已如此
如何不省悟
我見出家児
昼夜浪喚呼
祇為口腹故
一生外辺騖
白衣無道心
猶尚是可恕
出家無道心

之《こ》れ其《そ》の汚《けが》れを如何《いかん》せん
髪《はつ》は三界《さんがい》の愛《あい》を断《た》ち
衣《い》は有相《うそう》の句《こう》を壊《やぶ》る
恩《おん》を棄《す》てて無為《むい》に入《い》るは
是《こ》れ等閑《とうかん》の作《しわざ》に非《あら》ず

如之何其汚
髪断三界愛
衣壊有相句
棄恩入無為
是非等閑作

髪《かみ》を切《き》り落《お》として仏門《ぶつもん》に入《はい》り、僧侶《そうりょ》となって托鉢修行《たくはつしゅぎょう》をして暮《く》らしていこう。もしそういう考《かんが》えでこの道《みち》に入《はい》ったのならば、次《つぎ》に述《の》べることをどうして深《ふか》く反省《はんせい》し悟《さと》らないのか、ぜひ考《かんが》えてもらいたいものだ。私《わたし》が見《み》たところ、今《いま》の僧侶《そうりょ》は昼《ひる》も夜《よる》もやたらに外《そと》に出《で》てお経《きょう》だの説教《せっきょう》だのと騒《さわ》ぎまわっている。それはただ衣食《いしょく》を貪《むさぼ》るためで、生涯《しょうがい》を寺院《じいん》の外《そと》に出《で》て駆《か》けまわることに費《つい》やしている。世俗《せぞく》の人《ひと》の道義心《どうぎしん》が無《な》いのは、まあ許《ゆる》せる。しかし出家者《しゅっけしゃ》なのに道徳心《どうとくしん》のないのは、その汚《よご》れきった根性《こんじょう》がどうにもならない。この世《よ》の執着《しゆうちやく》を断《た》って髪《かみ》を剃《そ》り、世俗《せぞく》とのかかわりを捨《す》てて僧衣《そうい》を着《き》ている僧《そう》たちよ。父母《ふぼ》や妻子《さいし》との恩愛《おんあい》の情《じよう》を捨《す》てて仏門《ぶつもん》に入《はい》ったのは、けっしていいかげんな決意《けつい》ではなかったはずだ。

我彼《われか》の朝野《ちようや》を適《ゆ》くに
士女《しじよ》各《おのおの》作《な》す有《あ》り
織《お》らずんば何《なに》を以《もつ》て衣《き》ん
耕《たがや》さずんば何《なに》を以《もつ》て哺《くら》は《ワ》ん
今釈氏《いましやくし》の子《こ》と称《しよう》し
行《ぎよう》も無《な》く亦《ま》た悟《さと》りも無《な》し
徒《いたず》らに檀越《だんおつ》の施《せ》を費《つい》やし
三業《さんごう》相顧《あいかえり》みず
首《こうべ》を聚《あつ》めて大話《たいわ》を打《だ》し

我適彼朝野
士女各有作
不織何以衣
不耕何以哺
今称釈氏子
無行亦無悟
徒費檀越施
三業不相顧
聚首打大話

因循《いんじゅん》　旦暮《たんぼ》を度《わた》る
外面《がいめん》殊勝《しゅしょう》を逞《たくま》しうし
他《か》の田野《でんや》の嫗《おうな》を迷《まよ》は《ワ》す
謂《い》ふ《ウ》言《われ》好箇《こうこ》手《しゅ》なりと
吁《あ》嗟《あ》何《いず》れの日《ひ》にか寤《さ》めん
縦《たと》ひ《イ》乳虎《にゅうこ》の隊《むれ》に入《い》るとも
名利《みょうり》の路《みち》を践《ふ》む勿《なか》れ
名利《みょうり》纔《わず》かに心《こころ》に入《い》らば
海水《かいすい》も亦《ま》た澍《そそ》ぎ難《がた》し

因循度旦暮
外面逞殊勝
迷他田野嫗
謂言好箇手
吁嗟何日寤
縦入乳虎隊
勿践名利路
名利纔入心
海水亦難澍

私《わたし》が広《ひろ》い世間《せけん》を見《み》ると、男《おとこ》も女《おんな》もみな仕事《しごと》をもって働《はたら》いている。もし女《おんな》が布《ぬの》を織《お》ってくれなければどうして着物《きもの》が着《き》られよう。男《おとこ》が耕《たがや》してくれなければどうして飯《めし》が食《く》えよう。今《いま》、僧《そう》たちは仏弟子《ぶつでし》と称《しょう》する身《み》なのに、人《ひと》を救《すく》うこともできないしみずから悟《さと》ることもない。ただ檀徒《だんと》から受《う》ける施《ほどこ》しを無駄《むだ》に使《つか》い、仏《ほとけ》さまにお仕《つか》えすることを忘《わす》れてしまっている。寄《よ》り集《あつ》まるとやたらにさわがしく禅問答《ぜんもんどう》をし、昔《むかし》ながらの習慣《しゅうかん》を守《まも》って日々《ひび》を過《す》ごしている。外《そと》に出《で》るといかにも悟《さと》りきった高僧《こうそう》のようなふりをして、人《ひと》のいい農家《のうか》のばあさんたちをだましている。そして「わしこそやり手《て》の僧《そう》だよ」と自慢《じまん》するのだが、ああ、いつになったら眼《め》がさめるのだろう。たとえ身《み》の危険《きけん》にさらされようとも、安易《あんい》に名誉《めいよ》や利益《りえき》への道《みち》を歩《ある》いてはいけない。名誉利益《めいよりえき》の念《ねん》がわずかでも心《こころ》に生《しょう》じたならば、どんなに多《おお》くの名利《めいり》を得《え》たところでその乾《かわ》いた心《こころ》を満足《まんぞく》させることはむつかしい。

阿爺《あや》自《みずか》ら爾《なんじ》を度《ど》せしは
暁夜《ぎょうやなん》何の作《な》す所《ところ》ぞ
焼香《しょうこう》して仏神《ぶつしん》に請《こ》ひ

阿爺自度爾
暁夜何所作
焼香請仏神

永《なが》く道心《どうしん》の固《かた》からんことを願《ねが》ふ《ウ》
爾《なんじ》の今日《こんにち》の如《ごと》きに似《に》ば
乃《すなわ》ち抵捂《ていご》せざる無《な》からんや
三界《さんがい》は客舎《かくしゃ》の如《ごと》く
人命《じんめい》は朝露《ちょうろ》に似《に》たり
好時《こうじ》は常《つね》に失《うしな》ひ易《やす》く
正法《しょうぼう》も亦《ま》た遇《あ》ひ《イ》難《がた》し
須《すべから》く精彩《せいさい》の好《よ》き《イ》を看《み》るべし
換手《かんしゅ》して呼《さけ》ぶを待《ま》つ毋《なか》れ
今我《いまわれ》苦口《くこう》に説《と》くは
竟《つい》に好心《こうしん》の作《しわざ》に非《あら》ず
今自《いまよ》り熟《つらつら》思量《しりょう》し
汝《なんじ》の其《そ》の度《ど》を改《あらた》む可《べ》し

永願道心固
似爾如今日
乃無不抵捂
三界如客舎
人命似朝露
好時常易失
正法亦難遇
須看精彩好
毋待換手呼
今我苦口説
竟非好心作
自今熟思量
可改汝其度

勉《つと》めよや後世《こうせい》の子《し》
自《みずか》ら懼怖《くふ》を遺《のこ》す莫《なか》れ

勉哉後世子
莫自遺懼怖

あなたの父親《ちちおや》が、あなたを出家《しゅっけ》させてから朝夕何《あさゆうなに》をしていたと思《おも》うか。香《こう》を焼《た》いて神《かみ》や仏《ほとけ》に祈《いの》り、あなたの求道心《ぐどうしん》が固《かた》いものになってゆくことを願《ねが》っていたのだ。それなのに、今日《こんにち》のあなたのような状態《じょうたい》では、親《おや》の心《こころ》とくいちがうことになるのではなかろうか。この世《よ》は宿屋《やどや》のように仮《かり》のやどであり、人《ひと》の命《いのち》は朝《あさ》つゆのようにはかないものだ。よい機会《きかい》は常《つね》に失《うしな》われやすいものであり、正《ただ》しい仏法《ぶっぽう》もまた容易《ようい》には出会《であ》えないものだ。だから、進《すす》んで行《おこ》なう活力《かつりょく》を身《み》につけるようにしなさい。あとで後悔《こうかい》してあわてふためかないようになさい。いま私《わたし》が心《こころ》の底《そこ》から勧告《かんこく》するのは、決《けっ》して親切《しんせつ》ごかしではないのだよ。今《いま》からじっくり考《かんが》えて、あなたのその考《かんが》えを改《あらた》めなさい。しっかり頑張《がんば》りなさい今《いま》の若《わか》い僧《そう》たちよ。正《ただ》しい修行《しゅぎょう》の苦痛《くつう》を恐《おそ》

＝れてはならない。

✽詩題を「僧伽《そうぎゃ》」とする五十二句の長詩である。この詩は慎重に推敲《すいこう》・改修され、良寛の墓の碑面に全文が陰刻された。宗門に対する良寛の激しい攻撃のメッセージである。ただ攻撃するだけでなく、頼みとする若い僧たちに勇猛心を持つよう勧告している。大忍魯仙《だいにんろせん》のような若い僧に期待をこめて与えたものであったか。
＝

乙子神社時代

乙子神社

◈国上山《くがみやま》・乙子《おとこ》の宮《みや》——いざここにわが世《よ》は経《へ》なむ

いざここに　わが世《よ》は経《へ》なむ《ン》　国上《くがみ》のや　乙子《おとこ》の宮《みや》の　森《もり》の下《した》庵《いほ》《イオ》
乙宮《おとみや》の　森《もり》の下屋《したや》に　われ居《を》《オ》れば　鐸《ぬて》ゆらぐもよ　人来《ひとき》たるらし
国上《くにがみ》の　山《やま》のふもとの　乙宮《おとみや》の　森《もり》の木下《こした》に　いほ《オ》りして　朝《あさ》な夕《ゆふ》《ユウ》なに
岩《いは》《イワ》が根《ね》の　こごしき道《みち》に　爪木《つまぎ》こり　谷《たに》に下《くだ》りて　水《みづ》《ミズ》を汲《く》み　一日《ひとひ》一日《ひとひ》
に　日《ひ》を送《おく》り　送《おく》り送《おく》れば　いたづきは　身《み》に積《つ》もれども　うつせみの
人《ひと》し知《し》らねば　果《は》て果《は》ては　朽《く》ちやしなまし　岩木《いはき》《イワキ》のもとに

さあここで、私《わたくし》は年《とし》を重《かさ》ねてゆこう。国上山《くがみやま》のふもとにある乙子《おとこ》神社《じんじゃ》の森《もり》の下《した》にある庵《いおり》で。
乙子《おとこ》神社《じんじゃ》の森《もり》かげの草庵《そうあん》にひとりで住《す》んでいると、社殿《しゃでん》の大《おお》きな鈴《すず》の揺《ゆ》れる音《おと》がする。人《ひと》がお参《まい》りにやってきたらしい。

越後《えちご》の国上山《くがみやま》のふもと、乙子《おとこ》神社《じんじゃ》に茂《しげ》る森《もり》の下《した》に庵《いおり》を結《むす》び、朝《あさ》に夕方《ゆうがた》に、大《おお》きな岩《いわ》の出《で》ている険《けわ》しい道《みち》を通《とお》り、小枝《こえだ》を切《き》って薪《たきぎ》を作《つく》り、谷《たに》に下《くだ》って水《みず》を汲《く》み、このようにして毎日《まいにち》を過《す》ごし、過《す》ごしに過《す》ごしてきたが、その苦労《くろう》が身体《しんたい》に重《かさ》なり、つらくなったけれども、誰《だれ》もそのことを知《し》らないので、終《お》わりにはきっと死《し》にはてるであろう、心《こころ》のない岩《いわ》や木《き》のそばで。

✻国上山《くがみやま》の五合庵《ごごうあん》を出て、その麓《ふもと》にある乙子《おとこ》神社に移ったのは、文化《ぶんか》十三年（一八一六）五十九歳の時である。移住に伴う感懐を詠《よ》んだおもな歌をあつめた。「いざここに」と「乙宮《おとみや》の」の歌は、貞心尼《ていしんに》『はちすの露《つゆ》』にある。
「いざここに」は、さあここで。「国上のや」の「や」は拍子をととのえる間投助詞。

「乙子の宮」は新潟県燕市《つばめし》国上の乙子神社。良寛はこの境内の草庵《そうあん》で十年間を過ごした。ここへ移るまでには、五合庵への行き帰りの坂道がきついので、その脇道《わきみち》を入って小さな乙子社を見つけ、ここに試宿したこともあった。

「乙宮《おとみや》の」の歌は、ここに住みはじめた当初のころ。静かな境内《けいだい》に突然、大きな鈴の音が響いたその驚きを詠む。

長歌「国上の」の出所は阿部家横巻。「岩が根」は、大部分が土に埋もれて動かない大きな岩。「こごしき」は、険しいさま。「爪木《つまぎ》」は、薪《たきぎ》にする小枝。「こり」は、木を切ること。伐り。「いたづき」は、苦労。病気。「うつせみの」は「人」の枕詞《まくらことば》。「朽ち」は、死ぬこと。ここが終《つい》の住処《すみか》となるやも知れぬとの予感がこの歌にある。

木村家横巻には、同趣の長歌の反歌《はんか》として次の短歌四首を記している。

青山《あをやま》の　木《こ》ぬれたちくき　ほととぎす　鳴《な》く声《こゑ》聞けば　春《はる》は過《す》ぎけり
わが宿《やど》を　訪《たづ》ねて来《き》ませ　あしびきの　山《やま》のもみぢを　手折《たを》りがてらに
露霜《つゆじも》の　秋《あき》のもみぢと　ほととぎす　いつの世《よ》にかは　わが忘《わす》れめや
乙宮《おとみや》の　森《もり》の木下《こした》に　我居《われを》れば　鐸《ぬて》ゆらぐもよ　人来《ひとき》たるらし

◈弥彦《いやひこ》に詣《もう》でて――ももづたふ弥彦山《いやひこやま》を

ももづたふ《ウ》　弥彦山《いやひこやま》を　いや登《のぼ》り　登《のぼ》りて見《み》れば　高嶺《たかね》には　八雲《やくも》たなびき　ふもとには　木《こ》立《だち》神《かみ》さび　落《お》ちたぎつ　水音《みおと》さやけし　越路《こしぢ》《コシジ》には　山《やま》はあれども　越路《こしぢ》には　水《みづ》はあれども　ここをしも　うべし宮居《みやゐ》《ミヤイ》と　定《さだ》めけらしも

越後《えちご》の国《くに》の弥彦山《やひこやま》に、たびたび登《のぼ》り、登《のぼ》って見《み》ると、高《たか》い山《やま》の頂《いただき》には幾重《いくえ》もの雲《くも》が横《よこ》に長《なが》く連《つら》なって、ふもとには、林の木々が気高く厳かに茂り、激《はげ》しく落《お》ちる水《みず》の音《おと》は、清《きよ》らかにさえて聞《き》こえる。越後《えちご》の国《くに》には多《おお》くの山《やま》があるが、また越後《えちご》の国《くに》には多《おお》くの水《みず》の流《なが》れがあるが、まさしくここを、もっともなことにお社《やしろ》の場所《ばしょ》として、きめられたことよ。

✻詞書《ことばがき》は「弥彦《やひこ》に詣《もう》でて」とある。出所は阿部《あべ》家横巻から。「ももづたふ」は、数えていって百に達するの意で「八十《やそ》」や「五十《い》」と同音の「い」を含む地名(ここでは弥彦山)にかかる枕詞《まくらことば》。「弥彦山」は新潟県中越《ちゅうえつ》地方の海ぎわにある標高六三四メートルの山。ふもとに越後《えちご》一《いち》の宮《みや》の弥彦神社があり、山頂に弥彦祭神の廟《びょう》がある。「いや」は、たびたび、ますますの意の接頭語。「八雲《やくも》」は、幾重にも重なっている雲。「神さび」は、神々しいさま。「落ちたぎつ」は、水が勢いよく流れ落ちる。「さやけし」は、清らかだ。澄んでいる。「うべし」は、もっともだ。

国上山《くがみやま》と峰つづきの弥彦山には、良寛もしばしば参詣《さんけい》し、そのふもとの村は托鉢《たくはつ》で回った。境内《けいだい》の椎《しい》の木を詠《よ》んだ長歌もある。この長歌の反歌《はんか》に次の短歌がある。

弥彦《いやひこ》の　森《もり》のかげ道《みち》　踏《ふ》みわけて　我来《われき》にけらし　そのかげ道《みち》を

(弥彦の社に並び茂る木陰に続く道を踏みしめて、私は来たことよ。その木陰の道を)

◈春《はる》の野《の》に出《で》て――むらぎもの心楽《こころたの》しも

朝菜摘《あさなつ》む　賤《しづ》《シズ》が門田《かどた》の　田《た》の崩岸《あず》に　ちきり鳴《な》くなり　春《はる》にはなりぬ
むらぎもの　心楽《こころたの》しも　春《はる》の日《ひ》に　鳥《とり》の群《む》れつつ　遊《あそ》ぶを見《み》れば
春《はる》の野《の》に　若菜摘《わかなつ》みつつ　雉子《きじ》の声《こゑ》《コエ》　聞《き》けば昔《むかし》の　思《おも》ほゆらくに

人《ひと》の住《す》む家《いえ》の近《ちか》くの田《た》で朝菜《あさな》を摘《つ》んでいると、その田《た》のがけの崩《くず》れたあたりで、チドリ科《か》の渡《わた》り鳥《どり》ケリが鳴《な》いている。春《はる》になったのだなあ。

私《わたくし》の心《こころ》は満《み》ち足《た》りて、楽《たの》しく感《かん》じてくることよ。こののどかな春《はる》の日《ひ》に、小鳥《ことり》たちの群《むら》がりながら遊《あそ》んでいるのを見《み》ていると。

春《はる》の野原《のはら》で若草《わかくさ》を摘《つ》みながら、出没《しゅつぼつ》して鳴《な》く雉子《きじ》の声《こえ》を聞《き》くと、昔《むかし》のことがしみじみと思《おも》われてくることよ。

✻「朝菜摘む」の歌は自筆歌集『布留散東《ふるさと》』にある。「賤《しづ》」は、身分の低い人の意。「門田」は、家の前の近くの田。「崩岸《あず》」は、崩れかけた崖《がけ》。「ちきり」は鳧《けり》。春先に日本へ飛来する渡り鳥で、沼や田のふちに営巣して産卵する。

「むらぎもの」の歌の出所は、林甕雄《はやしみかお》『良寛禅師歌集』。「むらぎもの」は「心」の枕《まくら》詞《ことば》。日なたで小鳥が嬉《うれ》しそうに群れて遊んでいるのを見ていると、見ているほうも心が和む。枕詞「むらぎもの」の響きの効果が非常によく利いた歌である。

「春の野に」の歌には「出雲崎《いずもざき》にて」の詞書《ことばがき》がある。「らくに」は詠嘆の意を表わす。……することよ、と。出雲崎は良寛の生まれたところで、海岸から入った中山《なかやま》の西照《さいしょう》坊《ぼう》のあたりには田んぼや里山がひろがる。

◈梅《うめ》の花《はな》を惜《お》しむ——梅《むめ》が枝《え》に花《はな》ふみ散《ち》らす

梅《むめ》が枝《え》に　花《はな》ふみ散《ち》らす　うぐひ《イ》すの　鳴《な》く声《こゑ》《コエ》聞《き》けば　春《はる》かたまけぬ
梅《うめ》の花《はな》　いま盛《さか》りなり　ぬばたまの　今宵《こよひ》《コヨイ》の夜半《よは》《ヨワ》の　過《す》ぐらくも惜《を》《オ》し

梅《うめ》の枝《えだ》に飛《と》んで来《き》て脚《あし》で花《はな》を踏《ふ》み散《ち》らすうぐいすのその鳴《な》く声《こえ》を聞《き》いていると、春《はる》になったとしみじみ実感《じっかん》することだ。
梅《うめ》の花《はな》は今《いま》が盛《さか》りである。この美《うつく》しく香《かぐわ》しい夜《よる》が、過《す》ぎてしまうなんて惜《お》しいことよ。

✲梅の花の詠草《えいそう》は多い。「梅が枝に」の歌は、うぐいすの乱舞を詠《よ》みとめた。「かたまけぬ」は、時節がめぐってきたの意。『万葉集』巻五にも先例がある。

「梅の花」の歌は三首連作の詠草の第一首。「ぬばたまの」は「今宵《こよひ》」の枕詞《まくらことば》。「梅の花いま盛りなり」の成句は『万葉集』巻五に二例がある。

連作三首には、続けてこんな歌がある。

うちつけに　折《を》らば折《を》りてむ　梅《うめ》の花《はな》　わが待《ま》つ君《きみ》は　今宵《こよひ》来なくに（突然にだが、折り取れるものなら折り取ってしまおう梅の枝を。私がおいでを待っているあなたは、今夜は来ないのだから）、月影《つきかげ》の　清《きよ》きゆふべに　梅《うめ》の花《はな》　折《を》りてかざさむ　清《きよ》きゆふべに（月の光が清らかに照っているこの夕暮れに、梅の花を折って飾りとしよう。月の光の清らかなこの夕暮れに）

★良寛逸話《りょうかんいつわ》④――嫌《きら》いなもの三《みっ》つ

解良栄重《けらよししげ》の『良寛禅師奇話』25段にある話。

良寛が嫌いだったのは、書家の書いた墨跡《ぼくせき》と、歌よみの詠んだ歌、そして歌よみが題をきめて歌をよむことであったという。

◈月《つき》の兎《うさぎ》——石《いそ》の上《かみ》古《ふり》にしみ世《よ》に有《あり》と云《い》ふ

石《いそ》の上《かみ》　古《ふり》にしみ世《よ》に　有《あり》と云《い》ふ《ウ》　猿《まし》と兎《をさぎ》《オサギ》と　狐《きつに》とが　友《とも》を結《むす》びて　朝《あした》には　野《ぬ》山《やま》に遊《あそ》び　夕《ゆふべ》《ユウベ》には　林《はやし》に帰《かへ》《カエ》り　かくしつつ　年《とし》の経《へ》ぬれば　ひさかたの　天《あめ》の帝《みかど》の聴《きき》まして　其《それ》が実《まこと》を　知《し》らむ《ン》とて　翁《おきな》となりて　そが許《もと》に　よろぼひ《イ》行《ゆき》て　申《まう》《モウ》すらく　汝等《なむだち》たぐひ《イ》を　異《こと》にして　同《おな》じ心《こころ》に　遊《あそ》ぶてふ《チョウ》　まこと聞《きき》しが　如《ごと》あらば　翁《おきな》が飢《うゑ》《ウエ》を　救《すく》へ《エ》とて　杖《つゑ》《ツエ》を投《なげ》て　息《いこ》ひ《イ》しに　やすきこととて　ややありて　猿《まし》はうしろの　林《はやし》より　菓《このみ》を拾《ひろ》ひ《イ》て　来《きた》りたり　狐《きつに》は前《まへ》《マエ》の　河原《かはら》《カワラ》より　魚《いを》《イオ》をくは《ワ》へ《エ》て　与《あた》へ《エ》たり　兎《をさぎ》《オサギ》はあたりに　飛《と》び飛《とべ》ど　何《なに》もものせで　ありければ　兎《をさぎ》《オサギ》は心《こころ》　異《こと》なりと　詈《ののし》りければ　はかなしや　兎計《をさぎはか》《オサギ》りて　申《まう》《モウ》すらく　猿《まし》は柴《しば》を　刈《か》りて

来《こ》よ　狐《きつに》は之《これ》を　焼《たき》て給《た》べ　言《い》ふ《ウ》如《ごとく》に　為《な》しければ　烟《ほのほ》《ホノオ》の中《なか》に　身《み》を投《な》げて　知《し》らぬ翁《おきな》に　与《あたへ》《アタエ》けり　翁《おきな》は是《これ》を　見《み》るよりも　心《こころ》もしぬに　ひさかたの　天《あめ》を仰《あふ》《アオ》ぎて　うち泣《なき》て　土《つち》に僵《たふ》《タオレ》りて　ややありて　胸打《むねうち》叩《たた》き　申《まう》《モウ》すらく　汝等《なむだち》みたりの　友《とも》だちは　いづ《ズ》れ劣《おと》ると　なけれども　兎《をさぎ》《オサギ》は　殊《こと》に　やさしとて　骸《から》を抱《かかへ》《カカエ》て　ひさかたの　月《つき》の宮《みや》にぞ　葬《はふり》《ホウリ》ける　いまの世《よ》までも　語《かた》り継《つ》ぎ　月《つき》の兎《をさぎ》《オサギ》と　言《い》ふ《ウ》ことは　是《これ》が由《よし》にて　ありけると　聞吾《きくわれ》さへ《エ》も　白栲《しろたへ》《タエ》の　衣《ころも》の袂《そで》は　とほ《オ》りてぬれぬ

あたら身《み》を　翁《おきな》が贄《にへ》《ニエ》と　なしけりな　いまの現《うつつ》に　聞《き》くがともしさ

ずっと昔《むかし》の時代《じだい》に、あったという。猿《さる》とうさぎと狐《きつね》とが、ともに暮《く》らすという約束《やくそく》をして、朝《あさ》には一緒《いっしょ》に野山《のやま》をかけ回《まわ》り、夕方《ゆうがた》には一緒《いっしょ》に林《はやし》へ帰《かえ》って来《き》て休《やす》んでいた。このようにしながら、年月《ねんげつ》がたったので、天帝《てんてい》がそのことをお聞《き》きになって、それが事実《じじつ》であるかどうかを知《し》りたいと思《おも》って、老人《ろうじん》に姿《すがた》を変《か》えてその所《ところ》へ、よろめきながら行《い》って言《い》うことには「お前《まえ》たちは種類《しゅるい》が違《ちが》うのに、同《おな》じ気持《きもち》で仲良《なかよ》く過《す》ごしているという。それが、ほんとうに聞《き》いた通《とお》りであるならば、私《わたくし》の空腹《くうふく》を、どうか救《すく》ってくれ」と言《い》って、杖《つえ》を投《な》げ出《だ》して座《すわ》りこんだところ、「それは、たやすいことです」といって、しばらくしてから、猿《さる》はうしろにある林《はやし》から、木《き》の実《み》を拾《ひろ》って帰《かえ》って来《き》た。狐《きつね》は前《まえ》にある河原《かわら》から、魚《さかな》をくわえて来《き》て老人《ろうじん》に与《あた》えた。うさぎは、あたりをしきりに跳《と》び回《まわ》ったが、何《なに》も手《て》に入《い》れることができないまま帰《かえ》って来《き》たので、老人《ろうじん》は「うさぎは気持《きもち》が他《ほか》の者《もの》と違《ちが》って思《おも》いやりがない」とあしざまに言《い》ったので、かわいそうに、うさぎは心《こころ》の中《なか》で考《かんが》えて、言《い》ったことは、「猿《さる》さんは柴《しば》を集《あつ》めて来《き》てください。狐《きつね》さんはそれを燃《も》やしてください」と。二匹《にひき》は言《い》われた通《とお》りにしたところ、うさぎは炎《ほのお》の中《なか》にとびこんで、それまで親《した》しくもなかった老人《ろうじん》に、自分《じぶん》の肉《にく》を与《あた》えたという。老人《ろうじん》は、うさぎのこの姿《すがた》を見《み》るやいなや心《こころ》もしおれるばかりに天《てん》を仰《あお》いで涙《なみだ》を流《なが》し、地面《じめん》に倒《たお》れ伏《ふ》していたが、しばらくして、胸《むね》をたたきながら言《い》ったことは、「お前《まえ》たち三人《さんにん》の友《とも》だちは、誰《だれ》が劣《おと》るというのではないが、うさぎは特《とく》に心《こころ》がやさしい」と言《い》って、やがて天帝《てんてい》は、うさぎのなきがらを抱《いだ》いて月《つき》の世界《せかい》の宮殿《きゅうでん》に葬《ほうむ》ってやった。その話《はなし》は、今《いま》の時代《じだい》にまで語《かた》り続《つづ》けられ、「月《つき》のうさぎ」とよぶことは、このようないわれであったのだと、聞《き》いた私《わたくし》までも、感動《かんどう》のため墨染《すみぞめ》の衣《ころも》のそでが涙《なみだ》でしみ通《とお》ってぬれてしまった。

もったいない身体《しんたい》を、うさぎは老人《ろうじん》の食《た》べ物《もの》として捧《ささ》げたことよ。今現在《いまげんざい》、その話《はなし》を聞《き》いて、ひどく心《こころ》ひかれることだ。

✻長歌「月の兎《うさぎ》」の初案で、文政《ぶんせい》三年（一八二〇）春の作。ほかに良寛自筆の遺墨は二篇あるが、語句の相違も著しい。写本は貞心尼《ていしんに》『はちすの露《つゆ》』と林甕雄《はやしみかお》『良寛禅師歌集』にある。

　題詞は「月の兎」で、「月の兎」とは月の世界に住んでいるという伝説上のうさぎ。「石《いそ》の上《かみ》」は「古《ふり》」の枕詞《まくらことば》。「猿《まし》」は「ましら」で、さる。「兎《をさぎ》」は、うさぎ。上代東国の方言。「狐《きつに》」の「きつ」は、きつねの古名。「ひさかたの」は「天」の枕詞。「よろぼひ」は、よろめく。「たぐひ」は、動物の種類。「やや」は、しばらく。「ものせ」は、動作を表わす動詞の代わりに用いる。「はかなし」は、情けない。かわいそうだ。「しぬに」は、しおれて。しんみりと。「僵《たふ》りて」は、倒れて。「宮」は、宮殿。「白栲《しろたへ》の」は「衣」の枕詞。

「あたら身を」の歌は反歌《はんか》の一首で、出所は相馬御風《そうまぎょふう》『良寛を語る』。「あたら身」は、もったいない身体の意。「贄《にへ》」は、食べ物。「いまの現《うつつ》に」は、今現在。現代。「ともしさ」は、心ひかれること。

　残る二首の反歌をあげてみる。

秋《あき》の夜《よ》の　月《つき》の光《ひかり》を　見《み》るごとに　心《こころ》もしぬに　いにしへ思《おも》ほゆ

（秋の夜は澄みきった月の光を見るたび、身を犠牲にして老人を救おうとしたうさ

ぎのことが、しみじみと思われることだ）

ます鏡《かがみ》　磨《と》ぎし心《こころ》は　語《かた》りつぎ　言《い》ひ継《つ》ぎしのべ　よろづよまでに

（曇りのない鏡を磨《みが》いたように、清らかなうさぎの心をいつの世までも語りついでほしい）

これらの歌は、うさぎの「捨身伝説」による。インドの「ジャータカ」（大蔵経《だいぞうきょう》）にあり、南伝大蔵経の諸本や『大唐西域記《だいとうさいいきき》』『今昔物語集』などに見られる。良寛はこれを単純な童話ふうの長歌に仕立て直した。

わが身を捨てて老人を助けようとしたうさぎの態度は究極の慈悲の姿で、良寛が生涯かけて達成しようとした菩薩行道《ぼさつぎょうどう》の精神を「月の兎」に見たのであろう。

◈青山《あおやま》のほととぎす――水鳥《みづどり》の鴨《かも》の羽《は》の色《いろ》の

水鳥《みづどり》《ミズ》の　鴨《かも》の羽《は》の色《いろ》の　青山《あをやま》《アオ》の　木《こ》ぬれ去《さ》らずて　鳴《な》くほととぎす
青山《あをやま》《アオ》の　木《こ》ぬれたちくき　ほととぎす　鳴《な》く声《こゑ》《コエ》聞《き》けば　春《はる》は過《す》ぎけり

夏《なつ》になって、青々《あおあお》と緑《みどり》の増《ま》した山《やま》の、木々《きぎ》の梢《こずえ》を飛《と》び去《さ》ろうともしないで、ほととぎすが心楽《こころたの》しそうに鳴《な》いていることよ。

緑《みどり》の濃《こ》くなった山《やま》の木々《きぎ》のこずえを飛《と》びくぐって鳴《な》くほととぎすの声《こえ》を聞《き》くと、確《たし》かに春《はる》は過《す》ぎたのだと思《おも》われることよ。

✲「水鳥《みづどり》の」の歌の出所は、相馬御風《そうまぎょふう》『良寛和尚詩歌集』にある。
「水鳥の」は「鴨《かも》」の枕詞《まくらことば》だが、「水鳥の鴨の羽の色の」と続いてそのまま「青山」

にかかる序詞《じょことば》となっている珍しい用法である。しかし、こうした序詞を用いた例は『万葉集』や『古今和歌六帖』にある。良寛はこの序詞を「青山の」にかけて、ほととぎすの歌に応用したところがお手柄である。この序詞を使用することによって新緑したたる青山の感覚を喚起させた。

良寛が「ほととぎす」を詠《よ》んだ歌は多く、三十六首もある。五合庵《ごごうあん》時代の作品のほうが多いと思われるが、その中の典型的なものをここにまとめて取り上げた。

ほととぎすは夏の到来を告げる俳諧《はいかい》季語の一つでもあり、古くから、春の花・夏ほととぎす・秋の月・冬の雪とならんで、四季を代表する詠題である。近来の都会地で声を聞くことはまれになった。帛《きぬ》を引き裂く音のように、いそがしげな鳴き声で昼も夜も高原などで鳴く。自らは巣を作らず、うぐいすなどの巣に卵を産みつけ、抱卵《ほうらん》と子育てを託《たく》す習性がある。

ほととぎすの鳴き声には、人の魂を誘い出すとか、夏の到来を告げて農作業を促すとか、死出の不吉な連想を結びつけるなど、多彩な思いが積み重なっている。良寛は夏がくると、複雑な思いをほととぎすに託したのであろうか。

◆山田《やまだ》の蛙《かわず》——あしびきの山田《やまだ》の田居《たゐ》に

あしびきの　山田《やまだ》の田居《たゐ》《イ》に　鳴《な》く蛙《かはづ》《カワズ》　声《こゑ》《コエ》のはるけき　この夕《ゆふ》《ユウ》べかも

山間《やまあい》にある田《た》の、その田《た》んぼで鳴《な》いているかえるの声《こえ》が、はるか遠《とお》くから聞《き》こえてくるように感《かん》じられる、よく晴《は》れた今日《きょう》の夕方《ゆうがた》であることよ。

✻この歌の出所は、上杉篤興《うえすぎあつおき》『木端集《こっぱしゅう》』にある。

「あしびきの」は「山田」の枕詞《まくらことば》。「田居」は、田んぼ。「はるけき」は、はるかな。良寛の住んだ乙子《おとこ》草庵《そうあん》のあたりは国上《くがみ》の里に近く、田んぼからの蛙の鳴き声も聞こえてきた。蛙の大合唱の声が遠くから聞こえたものであろうか。「声のはるけき」が利いている。大合唱でなくとも、静かな夕暮れどきに遠くから鳴く蛙の声はよく響くもの。あるいは、出雲崎中山《いずもざきなかやま》の西照坊《さいしょうぼう》あたりかも知れない。

◈育《そだ》て親《おや》に代《か》わりて――世《よ》の中《なか》の玉《たま》も黄金《こがね》も

世《よ》の中《なか》の　玉《たま》も黄金《こがね》も　何《なに》かせむ　ひとりある子《こ》に　別《わか》れぬる身《み》は
かい撫《なで》て　負《お》ひ《イ》てひたして　乳《ちち》ふふめて　けふ《キョウ》は枯野《かれの》に　送《おく》るなりけり
人《ひと》の子《こ》の　遊《あそ》ぶを見《み》れば　にはたづみ《ニワタズミ》　流《なが》るる涙《なみだ》　とどめかねつも

この世《よ》の中《なか》にある高価《こうか》な玉《たま》も黄金《こがね》も何《なん》になろうか、何《なん》にも役《やく》に立《た》たない。ただ一人《ひとり》の子《こ》どもに死《し》に別《わか》れてしまった私《わたくし》の身《み》にとっては。

頭《あたま》をなでては背中《せなか》におぶい養《やしな》って、乳《ちち》をふくませ大事《だいじ》に育《そだ》てた子《こ》なのに、今日《きょう》は草《くさ》の枯《か》れはてた野辺《のべ》の焼《や》き場《ば》へ、その亡《な》きがらを送《おく》り出《だ》すことよ。

よその家《うち》の子《こ》どもが元気《げんき》に遊《あそ》んでいるのを見《み》ると、亡《な》くなった自分《じぶん》の子《こ》のことが思《おも》い出《だ》されて、流《なが》れる涙《なみだ》をおさえることができないことよ。

✲「世の中の」の歌は、文政《ぶんせい》三年（一八二〇）十月二十日、阿部定珍《あべさだよし》の六男健助《けんすけ》が二歳で死去したことを慰める四首連記の第一首。『万葉集』の山上憶良《やまのうえのおくら》の歌「銀《しろがね》も金《くがね》も玉《たま》も何《なに》せむに優《まさ》れる宝子《たからこ》にしかめやも」が念頭にあったか。定珍の身に代わって詠《よ》む。「かい撫《なで》て」の歌は、「ひたし親《おや》に代《か》はりて」（育て親に代わって）と詞書《ことばがき》がある。与板《いた》（新潟県長岡市）の山田杜皐《やまだとこう》の末の子が死亡した、その見舞いの手紙にある三首連記の第二首。「ひたし親」は、育て養う親。「ふふめて」は、乳を口にふくませて。「人の子の」の歌は、原田正貞《しょうてい》の子が文政元年（一八一八）ころ流行した天然痘《てんねんとう》によって死亡した、その見舞いの手紙にある五首連記の第三首。「にはたづみ」は「流るる」の枕詞《まくらことば》。いずれも子を亡くした親に代わって悲しみを詠《よ》んだ。

◈人《ひと》を恋《こ》う歌《うた》――わが宿《やど》をたづねて来《き》ませ

夏草《なつくさ》の　茂《しげ》りに茂《しげ》る　わが宿《やど》は　かりにだにやも　訪《と》ふ《ウ》人《ひと》はなし

わが宿《やど》を　たづ《ズ》ねて来《き》ませ　あしびきの　山《やま》のもみぢ《ジ》を　手折《たを》《オ》りがてらに

世《よ》の中《なか》に　まじらぬとには　あらねども　ひとり遊《あそ》びぞ　我《われ》は勝《まさ》れる

人《ひと》に贈《おく》る　手紙《てがみ》の文字《もじ》の　美《うつく》しく　書《か》けたる後《のち》の　ひと時《とき》たぬし

夏《なつ》の草《くさ》が勢《いきお》いよく茂《しげ》っている私《わたし》の庵《いおり》は、はかない仮《かり》の宿《やど》りではあるが、そのかりそめの宿《やど》でさえも訪《たず》ねようとは思《おも》わないのか、訪《たず》ねて来《く》る人《ひと》は誰《だれ》もいないよ。

私《わたし》の住《す》む家《いえ》を、どうか尋《たず》ねておいでなさい。美《うつく》しく色《いろ》づいた国上山《くがみやま》の紅葉《こうよう》を、折《お》り取《と》るついでにね。

世《よ》の中《なか》の人々《ひとびと》とつきあわないというのではないが、独《ひと》りで心《こころ》のままに楽《たの》しんでいることのほうが、私《わたし》にとってはふさわしいと思《おも》われるのだよ。

人《ひと》に書《か》いて贈《おく》る手紙《てがみ》の文字《もじ》が、美《うつく》しくきれいに書《か》けた後《あと》のしばらくの間《あいだ》は、まことに楽《たの》しく感《かん》じられることだ。

＊「夏草の」の歌の「わが宿」は、五合庵《ごごうあん》・乙子草庵《おとこそうあん》・島崎草庵のいずれを指すか不明である。「やも」は、疑問・詠嘆の係助詞。この歌は『新古今和歌集』巻三の「夏《なつ》草《くさ》は茂《しげ》りにけれど郭公《ほととぎす》などわが宿《やど》に一声《ひとこゑ》もせぬ」が念頭にあったか。「わが宿を」の歌は、自筆歌集『布留散東《ふるさと》』『久賀美《くがみ》』にもあり、木村家横巻にもある。「来ませ」は、おいでなさい。いらっしゃい。「あしびきの」は「山」の枕詞《まくらことば》。

「手折《たを》り」は、手で折り取る。

この歌は『古今和歌六帖』の「わが宿《やど》は三輪《みわ》の山《やま》もと恋《こひ》しくば訪《とぶら》ひ来《き》ませ杉立《すぎた》てる門《かど》」の応用歌でもあろうか、同一の歌が多くある。貞心尼《ていしんに》『はちすの露《つゆ》』には、「わが宿を」の句を「恋しくば」としている。「わが庵《いほ》を」としたのは阿部《あべ》家横巻にある。また「手折りがてらに」を「たどりたどりに」「訪《たづ》ねがてらに」としたものもあり、語句がわずかに違う同案の歌も多い。庵《いおり》での生活は、どうかすると人恋しくなる時があり、訪ねてほしいと呼びかけている。

「世の中に」の歌は、行灯《あんどん》の下《もと》で読書する良寛画像の賛として書かれた。「恋しくば尋ねて来ませ」と、さかんに人を恋う歌を作っていながら、独りで心のままに楽しんでいることのほうが私にはふさわしいと思うということの歌もある。自分ひとりの時間を大切に過ごしていたからなのであろう。

「人に贈る」の歌は、さすがに良寛ならではの心遣いを示す。良寛の手紙は、現在二七〇通ほどが知られている。その多くが、物を贈られたことへの礼状であるが、その礼状にさえ、細かな心遣いがあったのである。

行灯の下での良寛自画像

◈里《さと》の生活誌《せいかつし》——里《さと》べには笛《ふえ》や鼓《つづみ》の

> 里《さと》べには　笛《ふえ》や鼓《つづみ》の　音《おと》すなり　み山《やま》は松《まつ》の　声《こゑ》《コエ》ばかりして
> 遠《を》《オ》ち方《かた》ゆ　しきりに貝《かひ》《カイ》の　音《おと》すなり　今《こ》宵《よひ》《ヨイ》の雨《あめ》に　堰崩《せきく》えなむ《ン》か

村里《むらさと》のあたりでは、笛《ふえ》や太鼓《たいこ》の音《おと》がするようだ。しかし、私《わたくし》の住《す》む山《やま》はただ多《おお》くの松風《まつかぜ》の音《おと》ばかりで、わびしいことである。

遠《とお》い向《む》こうの方《ほう》から、せわしなく法螺貝《ほらがい》の音《おと》が聞《き》こえてくる。降《ふ》り続《つづ》く今《こん》夜《や》の雨《あめ》で、堰《せき》が崩《くず》れ、水《みず》があふれる水害《すいがい》の報《しら》せでなければよいが。

✿詞書《ことばがき》に「文月十日《ふみづきとをか》あまり六日《むいか》の夕方《ゆふがた》　踊《をど》りが庵《いほり》をとふ道《みち》にて」（陰暦七月十日の夕方、盆踊りが草庵《そうあん》にやって来る道で）とある。村里はいま賑《にぎ》やかだが、庵の周辺は静

かだと。「遠《を》ち方《かた》ゆ」の歌の出所は、相馬御風《そうまぎょふう》『良寛和尚詩歌集』。「遠ち方」は遠い所。「ゆ」は時間・空間の起点を示す格助詞。「貝」は法螺《ほら》貝。大音響によって村人に非常事態を知らせる伝達具。現在のサイレン。「崩《く》えなむか」は崩れてしまったのだろうか。大雨で信濃川《しなのがわ》はしばしば氾濫《はんらん》して大きな被害が出た。法螺貝の音で良寛は、洪水の危険を心配している。この歌も三句切れ。

★三句切《さんくぎ》れ・倒置法《とうちほう》

良寛には三句切れの短歌が多い。良寛の短歌を句切れで見ると、初句切れ約六十首、二句切れ約二百二十首、三句切れ約二百五十首、四句切れは約百九十首ある。仮に良寛の和歌の総数を千三百五十首とすると、約一九パーセントが三句切れとなる。また、良寛の短歌は倒置法を多用し、全体の二一パーセントにあたる約二百八十首に倒置法が見られる。倒置法は三句切れの誘因ともなっている。

◈行《ゆ》く秋《あき》の――行《ゆ》く秋《あき》のあはれを誰《たれ》に

秋萩《あきはぎ》の　枝《えだ》もとをを《オオ》に　置《お》く露《つゆ》を　消《け》たずにあれや　見《み》む《ン》人《ひと》のため

行《ゆ》く秋《あき》の　あは《ワ》れを誰《たれ》に　語《かた》らまし　あかざ籠《こ》に入《い》れて　帰《かへ》《カエ》る夕《ゆふ》《ユウ》ぐれ

秋《あき》もやや　うら寂《さび》しくぞ　なりにける　小《を》《オ》笹《ざさ》に雨《あめ》の　注《そそ》ぐを聞《き》けば

秋《あき》になって萩《はぎ》の花《はな》が咲《さ》いたが、その枝《えだ》もしなうばかりに降《お》りた露《つゆ》を、そのままそっと消《け》さないでおいておくれ。花《はな》を見《み》たいと思《おも》う人《ひと》のために。

過《す》ぎ行《い》こうとするこの秋《あき》のもの悲《がな》しさを、誰《だれ》に語《かた》ればわかってくれるだろうか。あかざを摘《つ》んで籠《かご》に入《い》れ、わびしく庵《いおり》へ帰《かえ》るこの夕暮《ゆうぐ》れ時《どき》は、とりわけその思《おも》いが深《ふか》いなあ。

秋《あき》もしだいに深《ふか》まり、心《こころ》さびしくなってきたことよ。小笹《こざさ》の葉《は》に雨《あめ》が降《ふ》りそそぐのを聞《き》いていると。

✼「秋萩《あきはぎ》の」の歌の出所は、林甕雄《はやしみかお》『良寛禅師歌集』。「とををに」は、たわみしなうさまをいう。『万葉集』巻八に「秋萩の枝もとををに置く露の消《け》なば消《け》ぬとも色に出《い》でめやも」の用例がある。万葉集では、その露が消えるようにわが命が消えてしまおうとも、この思いをけっして面《おもて》には表わさないぞ、という相聞《そうもん》的な内容である。良寛は、花を見たい人のために消さないでおくれ、と優しい心遣いの歌にした。良寛の秋萩にかかわる思いの歌は多い。

「行く秋の」の歌の出所は、貞心尼《ていしんに》『はちすの露《つゆ》』。「あはれ」は、悲しみ。悲哀。「あかざ」は藜《あかざ》。畑地に自生するアカザ科の一年草。救荒植物で、一般の作物が凶作の年でもよく生育し、その若葉を食用にする。貧しい者の青菜の代用となり、良寛もしばしばこれを食したらしい。過ぎゆく秋のもの悲しさは、あかざから連想される思いによっていっそう助長される。

木刻「心月輪」

「秋もやや」の歌は詠草《えいそう》にある。「やや」は、しだいに、だんだんとの意。「小笹《こざさ》」の「小」は接頭語で、笹のこと。

越後路《えちごじ》は晩秋となれば、晴れたかと思うとすぐにかき曇り、降ったりやんだりする時雨が降りやまず、これが雪や霰《あられ》に変わり、寒風の吹きすさぶ冬景色となるのも珍しくない。

◈しぐれ降《ふ》る——柴《しば》や伐《こ》らむ清《し》水《みづ》や汲《く》まむ

柴《しば》や伐《こ》らむ　清《し》水《みづ》《ミズ》や汲《く》まむ《ン》　菜《な》や摘《つ》まむ《ン》　時雨《しぐれ》の雨《あめ》の　降《ふ》らぬまぎれに
飯《いひ》《イイ》乞《こ》ふ《ウ》と　里《さと》にも出《い》でず　このごろは　時雨《しぐれ》の雨《あめ》の　間《ま》なくし降《ふ》れば

山《やま》へ入《はい》って柴枝《しばえだ》を切《き》ろうか、谷《たに》に下《お》りて清《し》水《みず》を汲《く》もうか、畑《はたけ》の菜《な》を摘《つ》もうか、時雨《しぐれ》の冷《つめ》たい雨《あめ》が降《ふ》ってくるその前《まえ》に。

托鉢《たくはつ》に出《で》て施《ほどこ》しをお願《ねが》いしなくてはならないが、村里《むらさと》へも出《で》て行《い》かないでいる。このごろは時雨《しぐれ》の冷《つめ》たい雨《あめ》が、絶《た》え間《ま》なく降《ふ》ってくるので。

✻「柴《しば》や伐《こ》らむ」の歌は二首連記の詠草《えいそう》にある。冬の到来に備えて、焚《た》き木も集めなくてはならず、いや谷に下りて清水も汲んでこなくてはならず、野菜も採ってこなくてはならない。時雨《しぐれ》の雨が降るその前に、みな大事な作業のどちらを優先して取りかかろうかと迷うことだ、と。冬の前のせわしなさが出ている。

「飯乞《いひこ》ふと」の歌の出所は、大宮季貞『沙門良寛和歌集《しゃもんりょうかんわかしゅう》』。「飯乞ふ」は、修行僧（良寛）が托鉢《たくはつ》に里の家々を回って米や金《かね》を乞い受けること。「間なく」は、絶え間なく。

★良寛逸話《りょうかんいつわ》⑤——万葉《まんよう》を読《よ》むべし

解良栄重《けらよししげ》の『良寛禅師奇話』34段にある話。

和歌を学ぶのに、どんな書物を読んだらよいかと私（栄重）が良寛に質問した。それに対して良寛は「万葉集を読んだらよい」と言われ、私は「万葉集は自分にはむずかしくてよくわからないが」と言った。やがて良寛の言われたのには「わかるだけで事は足りる」と。

◈老《お》いのさびしさ――老《お》いが身《み》のあはれを誰《たれ》に

老《お》いが身《み》の　あは《ワ》れを誰《たれ》に　語《かた》らまし　杖《つゑ》《ツエ》を忘《わす》れて　帰《かへ》《カエ》る夕《ゆふ》《ユウ》暮《ぐ》れ

惜《を》《オ》しめども　盛《さか》りは過《す》ぎぬ　待《ま》たなくに　尋《と》め来《く》るものは　老《お》いにぞありける

年老《としお》いたわが身《み》の、さびしくもみじめな気持《きもち》を誰《たれ》に話《はな》したものだろう。よそのお宅《たく》に杖《つえ》を忘《わす》れて、庵《いおり》へ帰《かえ》る夕暮《ゆうぐ》れ時《どき》の思《おも》いというものを。

惜《お》しくは思《おも》うけれども、いきいきとした盛《さか》んな年《とし》ごろは過《す》ぎてしまった。それに対《たい》し、待《ま》ってもいないのにわざわざ訪《たず》ねて来《く》るのは、老《お》いというも

＝のであることよ。

✻「老いが身の」の歌の出所は玉木礼吉《たまきれいきち》『良寛全集』。詞書《ことばがき》に「竹森《たけもり》の星彦右衛門方《ほしひこえもんかた》へ杖《つゑ》を忘《わす》れて」（竹森の星彦右衛門の家に杖を忘れて）とある。竹森（新潟県長岡市）の星家を訪ねて夕食後、隣りへ風呂《ふろ》をもらいに行き、やがて暇《いとま》ごいをし、杖を持って帰りかけた。同家の子どもが「杖を間違えたよ」と呼んだが、良寛は「いや自分の杖だ」と出て行った。しばらくして「杖を取り違えてしまった」と戻って来た。そこで書いた歌がこれであるという。

「惜《を》しめども」の歌は三首連記の詠草《えいそう》の二首目。

良寛には、老いというものの、さびしさ、みじめさを避けたいという思いは強くあった。どうにかして老いを避けたいという類歌はかなりある。しかし、よく見ると、そんな歌を作っては愉《たの》しんでいるとも見受けられる。＝

◈冬《ふゆ》ごもり——あしびきの国上《くがみ》の山《やま》の

あしびきの　国上《くがみ》の山《やま》の　冬《ふゆ》ごもり　日《ひ》に日《ひ》に雪《ゆき》の　降《ふ》るなべに　往《ゆ》き来《き》の道《みち》の　あとも絶《た》え　ふるさと人《びと》の　音《おと》もなし　うき世《よ》をここに　門《かど》鎖《さ》して　飛驒《ひだ》の工《たくみ》が　うつ縄《なは》《ナワ》の　ただ一筋《ひとすぢ》《スジ》の　岩清《いはし》《イワシ》水《みづ》《ミズ》　そを命《いのち》にて　あらたまの　今年《ことし》のけふ《キヨウ》も　暮《く》らしつるかも

かへ《エ》しうた

小夜《さよ》ふけて　岩間《いはま》《イワ》の滝津《たきつ》　音《おと》せぬは　高嶺《たかね》のみ雪《ゆき》　降《ふ》り積《つも》るらし

越後《えちご》の国上山《くがみやま》のふもとで、私《わたし》は冬《ふゆ》ごもりしているが、毎日《まいにち》のように雪《ゆき》が降《ふ》るにつれ、行《い》き来《き》する道《みち》の人《ひと》の足跡《あしあと》も見《み》えなくなって、ふるさとの人《ひと》のおとずれもない。世《よ》の人《ひと》から離《はな》れて、この庵《いおり》の門《もん》を閉《し》め、飛驒《ひだ》の国《くに》の大工《だいく》の引《ひ》く墨縄《すみなわ》がまっすぐなように、ただ岩《いわ》を落《お》ちるひと流《なが》れの清水《しみず》を命《いのち》の支《ささ》えとして、今年《ことし》の冬《ふゆ》の一日《いちにち》を過《す》ごしたことよ。

反《はん》　歌《か》

夜《よ》がふけて、岩《いわ》の間《あいだ》から落《お》ちる滝《たき》が凍結《とうけつ》したらしく音《おと》も消《き》えた。たぶん国《く》上山《がみやま》の頂《いただき》には雪《ゆき》が降《ふ》りつもっているからだろう。

✻長歌「あしびきの」は自筆歌集『久賀美《くがみ》』にある。「小夜《さよ》ふけて」の反歌《はんか》を添えて再録したのは貞心尼《ていしんに》『はちすの露《つゆ》』。

「あしびきの」は「山」の枕詞《まくらことば》。「なべに」は、つれて。「鎖《さ》して」は、閉じて。「飛《ひ》驒《だ》の工《たくみ》」は、飛驒（岐阜県）から交代で上京して公役に従事した腕のいい宮大工。「飛驒の工がうつ縄の」は序詞《じょことば》として「ただ一筋」にかかる。「あらたまの」は「年」の枕詞。「小夜」は、夜の雅語《がご》。「小《さ》」は接頭語。「滝」は、乙子《おとこ》神社近くを流れる赤谷川の小滝。「らし」は、確信をもって推定する助動詞。

◆夕暮《ゆうぐ》れの岡《おか》——夕《ゆふ》ぐれの岡《をか》の松《まつ》の木《き》

夕《ゆふ》《ユウ》ぐれの　岡《をか》《オカ》の松《まつ》の木《き》　人《ひと》ならば　昔《むかし》のことを　問《と》は《ワ》ましものを

夕暮《ゆふぐ》《ユウ》れの　岡《をか》《オカ》に残《のこ》れる　言《こと》の葉《は》の　跡《あと》なつかしや　松風《まつかぜ》ぞ吹《ふ》く

夕暮《ゆうぐ》れの岡《おか》の松《まつ》の木《き》よ、お前《まえ》が人《ひと》であったならば、昔《むかし》の話《はなし》をいろいろと尋《たず》ねてみるであろうに。

万元上人《まんげんしょうにん》の歌《うた》が、夕暮《ゆうぐ》れの岡《おか》に碑《ひ》となって残《のこ》されているが、ここがその歌《うた》を詠《よ》まれた跡《あと》だと思《おも》うと懐《なつ》かしい。今《いま》はそのゆかりに、松風《まつかぜ》が吹《ふ》いている。

✻前首の出所は貞心尼《ていしんに》『はちすの露《つゆ》』。詞書《ことばがき》に「夕《ゆふ》ぐれの岡《をか》といふ所《ところ》の松《まつ》を見《み》て」とある。「夕ぐれの岡」は、新潟県燕市《つばめし》国上の信濃川《しなのがわ》大河津分水路中央付近の右岸石港にある岡。今でも松が十数本残る。ここに万元《まんげん》の「忘れずば道行く人の手向けをもここを瀬にせよ夕暮の岡」の歌碑がある。「昔のこと」は、万元上人《しょうにん》が国上寺《こくじょうじ》の本堂(阿弥陀堂《あみだどう》)を再建するなど活躍したころのこと。万元は享保《きょうほう》三年(一七一八)三月、享年六十歳で死去。墓は遺言により、五合庵《ごごうあん》の傍らにある。良寛の住んだ国上寺の五合庵は、万元が隠居するために建てたものであった。

後首の出所は片桐《かたぎり》某『良寛師集歌帖全』。「言の葉」は万元の歌(前掲)をさす。「ぞ吹く」は「の音」と併記されている。良寛がいかに万元を慕っていたかは、これらの歌で知れる。晩年の島崎草庵《そうあん》に移ってからも、良寛のこの歌がある。

心《こころ》あらば　問《と》はましものを　夕暮《ゆふぐ》れの　岡《をか》の松《まつ》の木《き》　幾世経《いくよへ》ぬると

(もし人のように心があったならば、尋ねてみたであろうになあ、夕暮れの岡の松の木は、どれくらいの時代を過ごしたのかと)

★外護者《げごしゃ》ご三家《さんけ》

良寛は僧であっても寺の住職ではない。生涯を修行僧のように里の家々を托鉢《たくはつ》して回っていた。その徳を尊崇《そんすう》しいつしかゆるやかな庇護《ひご》を与え、詩歌の友ともなり、非常時には緊急避難できる外護者ご三家が定まっていった。

原田《はらだ》家——鵲斎《じゃくさい》は中島（新潟県燕市《つばめし》）の医師原田有則《ありのり》。良寛より五歳年少。良寛とともに大森子陽《おおもりしよう》の塾三峰館《さんぽうかん》で学んだ学友で古くから交流があり、五合庵《ごごうあん》に住むことも世話した。その三男正貞《しょうてい》も医者であり、良寛と親交があった。

解良《けら》家——叔問《しゅくもん》は牧《まき》ヶ花《はな》（新潟県燕市）の大地主で庄屋《しやうや》の喜惣左衛門《きそうざえもん》栄綿《よしつら》。良寛より七歳年少。早くから交流があり、和歌をよくし、とりわけ米や野菜など物質的な援助を与えた。その三男栄重《よししげ》は五十二歳年少だが、良寛の人となりを紹介した『良寛禅師奇話』六十一章を書き残した。

阿部《あべ》家——定珍《さだよし》は渡部《わたべ》（新潟県燕市）の庄屋で造り酒屋。通称を酒造右衛門《みきえもん》、家を嵐窓《らんそう》・月華亭《げつかてい》などと称し、詩文を好み、良寛と深く交際した。良寛より二十一歳年少。定珍の三男定憲《まさのり》は糸魚川《いといがわ》の牧江家へ入婿し靖斎《せいさい》と号して、良寛の詩歌集を伝えた。阿部家横巻は国の重文指定を受けている。

◆一杯《ひとつき》の酒《さけ》――吾《わ》が宿《やど》は竹《たけ》の柱《はしら》に

吾《わ》が宿《やど》は　竹《たけ》の柱《はしら》に　菰《こも》すだれ　強《し》ひ《イ》て食《を》《オ》しませ　一杯《ひとつき》の酒《さけ》
ぬばたまの　今宵《こよひ》《ヨイ》は酔《ゑ》《エ》ひ《イ》ぬ　うま酒《ざけ》に　君《きみ》がすすむる　このうま酒《ざけ》に

私《わたし》の住《す》む家《いえ》は竹《たけ》で作《つく》った柱《はしら》や、菰《こも》を垂《た》らした戸口《とぐち》の粗末《そまつ》なものです。飲《の》み物《もの》もまことに粗末《そまつ》ではありますが、これでがまんして飲《の》んでくださいな、一杯《いっぱい》の酒《さけ》を。

今夜《こんや》はすっかり酔《よ》ってしまったよ、このうまい酒《さけ》に。あなたがすすめてくれる、このうまい酒《さけ》にね。

＊「吾《わ》が宿は」の歌の出所は相馬御風《そうまぎょふう》『良寛和尚詩歌集』。詞書《ことばがき》は「内藤久敬《ないとうひさたか》に」とあるから石地《いしじ》（新潟県柏崎市《かしわざきし》）の内藤久武が良寛の草庵《そうあん》へやって来たときの歌のようだが、良寛の歌に「竹」の文字が見られるのは珍しい。
玉木礼吉《たまきれいきち》『良寛全集』には「刈羽《かりわ》郡石地内藤久武禅師《ぜじ》と歌道の交《まじは》り浅からず」として、久武の歌「いつよりも心《こころ》にかけし君《きみ》が庵《いほ》訪《たづ》ね来《き》にける今日《けふ》ぞうれしき」への返歌《へんか》だとある。

「ぬばたまの」の歌は原田正貞《しょうてい》との詠草《えいそう》にある。「ぬばたまの」は「今宵《こよひ》」の枕詞《まくらことば》。正貞が「良寛法師に酒を勧むる歌」と詞書して「いにしへのかしこき人も楽しめることのうま酒をくめやこの君」に応《こた》えたのが、この良寛の歌である。

もう一つ、正貞に書き与えたと思われる画賛の歌がある。

さすたけの　君《きみ》と語《かた》りて　うま酒《ざけ》に　あくまで酔《ゑ》へる　春《はる》ぞ楽《たの》しき
（親しいあなたと語り合って飲むこのうまい酒に、満ち足りるまで飲んで酔った春の日は、まことに楽しいことだ）

原田鵲斎《じゃくさい》と正貞の親子とは、良寛もしばしば酒を酌《く》む機会が多かった。それだけ親しく交流していたことがわかる。

◆埋《うず》み火《び》——埋《うづ》み火《び》に足《あし》さしくべて

> 埋《うづ》《ウズ》み火《び》に　足《あし》さしくべて　臥《ふ》せれども　今度《こたび》の寒《さむ》さ　腹《はら》に通《とほ》《トオ》りぬ
> 何《なに》となく　心《こころ》さやぎて　寝《い》ねられず　明日《あした》は春《はる》の　初《はじ》めと思《おも》へ《エ》ば

灰《はい》の中《なか》の炭火《すみび》に、燃《も》やすように足《あし》をさし出《だ》して寝《ね》てはいたが、長《なが》い病気《びょうき》のためもあってか、このたびの寒《さむ》さは腹《はら》の底《そこ》にまで、こたえることだよ。
何《なん》となく心《こころ》が落《お》ちつかなくて、眠《ねむ》ることができない。明日《あした》は春《はる》の初《はじ》めだと思《おも》うと。

✱「埋《うづ》み火」の歌の出所は、飯塚久利『橘物語』である。詞書《ことばがき》に「久《ひさ》しう病《やま》うに臥《ふ》して」（長いあいだ病気で寝ていて）とある。「埋み火」は、灰の中に埋《うず》めた炭火・燠《おき》火のこと。「くべて」は、火に入れて燃やす。

　雪に閉ざされた乙子《おとこ》神社の草庵《そうあん》住まいで、良寛は長いあいだ病気であったが、ようやく気をとりなおし、火をおこして寝てはみたものの、腹に通るほどの寒さだと窮状を詠《よ》む。「何となく」の歌は、阿部《あべ》定珍《さだよし》にあてた手紙にある。詞書は「あすは元日《ぐわんじつ》と云夜《いふよる》」（明日はいよいよ新年のはじめという夜に）がある。「さやぎて」は、心がざわめいて不穏なようすになって。

雪の乙子神社

◈盧山《ろざん》の夜《よる》の雨《あめ》――落《お》ちつけばここも盧山《ろざん》の

落《お》ちつけば　ここも盧山《ろざん》の　夜《よる》の雨《あめ》
春雨《はるさめ》や　友《とも》を訪《たづ》《タズ》ぬる　思《おも》ひ《イ》あり
水《みづ》《ミヅ》の面《も》に　あや織《お》りみだる　春《はる》の雨《あめ》

ここの草庵《そうあん》に住《す》み慣《な》れてみると、中唐《ちゅうとう》の詩《し》人《じん》白居易《はっきょい》が「盧山《ろざん》の雨《あめ》の夜《よる》、草《そう》庵《あん》の中《うち》」と不遇《ふぐう》をかこったが、他《ほか》に煩《わずら》わされることなく、独《ひと》り静《しず》かに暮《く》らしてゆけるよい場所《ばしょ》であるよ。

春《はる》になって温《あたた》かい雨《あめ》が降《ふ》り、人懐《ひとなつ》かしさが湧《わ》いてきた。この雨《あめ》の中《なか》を訪《たず》ねて行《い》ったならば、親《した》しい友《とも》だちはどんなに喜《よろこ》ぶことだろう。

やわらかな春《はる》の雨《あめ》が、池《いけ》の面《おも》に降《ふ》りかかっている。そのたびに、いろんな波《なみ》の模《も》様《よう》が出来《でき》あがり、また雨《あめ》の雫《しずく》がその模《も》様《よう》をかき乱《みだ》していくさまは、飽《あ》きることなくおもしろい。

✻「落ちつけば」の句は無季。出所は貞心尼《ていしんに》『はちすの露《つゆ》』。「廬山《ろざん》」は、中国江西省の山。廬山は「虎渓三笑《こけいさんしょう》」で名高い晋《しん》の僧慧遠《えおん》の旧跡であり、陶淵明《とうえんめい》との思いにもつながる地である。良寛はこれを悠々たる境地に置き換えウイットを利かせた。

「春雨や」の句の季語は「春雨」で春。短冊の遺墨は「牧之への書」と詞書《ことばがき》がある。牧之は、鈴木牧之《すずきぼくし》。春雨から友を連想したのは、涙まじりのある湿った懐かしさか。

「水《みづ》の面《も》に」の句の季語は「春の雨」で春。出所は玉木礼吉《たまきれいきち》『良寛全集』。『新古今和歌集』巻一の「水《みづ》の面《おも》にあやおりみだる春雨《はるさめ》や山《やま》のみどりをなべて染《そ》むらん」の上三句と酷似するが、これを俳句に仕立てたのはお手柄。

◆蛙《かわず》の声《こえ》――山里《やまざと》は蛙《かはづ》の声《こゑ》と

山里《やまざと》は　蛙《かはづ》《カワズ》の声《こゑ》《コエ》と　なりにけり
夢《ゆめ》さめて　聞《き》けば蛙《かはづ》《カワズ》の　遠音《とほね》《トオ》かな
鍋《なべ》みがく　音《おと》にまぎるる　雨蛙《あまがへる》《アマガエル》

私《わたし》の住《す》むこの山《やま》の中《なか》の村《むら》も、水《みず》ぬるむ春《はる》になって、まわりからにぎやかな蛙《かわず》の声《こえ》が聞《き》こえるようになった。もう春《はる》も半《なか》ばとなったのだなあ。

春《はる》の夢《ゆめ》から覚《さ》めて、聞《き》くともなしに耳《みみ》に入《はい》る音《おと》は、池《いけ》や田《た》んぼに鳴《な》く蛙《かわず》の声《こえ》である。その声《こえ》が遠《とお》くから聞《き》こえるのは、もう夜《よ》が明《あ》けてきたのだ。

庵《いおり》の外《そと》で鍋《なべ》を磨《みが》いて洗《あら》っていると、鈍《にぶ》いその音《おと》に競《きそ》うように、雨蛙《あまがえる》が鳴《な》き始《はじ》めた。雨《あめ》の降《ふ》るのも近《ちか》いのだろう。


✿蛙《かわず》の鳴き声の句をあつめてみた。

「山里は」の句の季語は「蛙」で季は春。「なりにけり」の「なり」は四段活用の連用形。「に」は完了・強意の助動詞「ぬ」の連用形。「けり」は詠嘆の助動詞の終止形。「…なったことよ」と。どこもかしこも蛙の声の季節となった。

「夢さめて」の句の季語も「蛙」で春。「遠音《とほね》」は、遠くから聞こえる音。ここでは明け方も近く、蛙の声も弱まった状態である。

「鍋《なべ》みがく」の句は季語「雨蛙」で季は夏。「雨蛙」は緑色の小形のかえる。雨が近くなると大きな声で鳴く。鍋をみがく甲高《かんだか》い音に負けじと鳴き出したように感じたか。

◈風《かぜ》がもて来《く》る——焚《た》くほどは風《かぜ》がもて来《く》る

焚《た》くほどは　風《かぜ》がもて来《く》る　落葉《おちば》かな
柴焼《しばた》いて　しぐれ聞《き》く夜《よ》と　なりにけり
雨《あめ》の降《ふ》る　日《ひ》はあはれ《ワ》なり　良寛坊《りやうくわんばう》《リヨウカンボウ》

私《わたし》が庵《いおり》で燃《も》やして煮《に》たきするくらいは、風《かぜ》が吹《ふ》くたびに運《はこ》んでくれる落《お》ち葉《ば》で十分《じゆうぶん》に間《ま》に合《あ》うことだ。だから私《わたし》にとっては、この山中《さんちゆう》での暮《く》らしは物《もの》に乏《とぼ》しくとも満《み》ち足《た》りていることよ。

切《き》り取《と》って貯《たくわ》えた木《き》の小枝《こえだ》をいろりで焚《た》いて、赤《あか》く燃《も》えるさまを眺《なが》めながら、屋根《やね》に吹《ふ》きあたる時雨《しぐれ》の音《おと》を、ひとりで静《しず》かに聞《き》く夜《よる》が訪《おとず》れたことだ。

雨《あめ》の降《ふ》る日《ひ》は托鉢《たくはつ》にも出《で》かけることができず、食《た》べ物《もの》にもこと欠《か》くありさまだ。托鉢僧《たくはつそう》の私《わたし》（良寛）にとっては、まことに困《こま》ったことだよ。

✻「焚《た》くほどは」の句は季語「落葉」で冬。この句の成立について逸話《いつわ》がある。長岡藩主牧野忠精《まきのただきよ》が良寛を城下に招きたいと庵《いおり》まで訪ねたが、良寛は無言のままこの句を示したという。小林一茶《いっさ》にも「焚くほどは風がくれたる落葉かな」がある。

「柴《しば》焼《た》いて」の句は季語「時雨《しぐれ》」で季は冬。「柴」は、たき木用に束ねた雑木の枝。出所は解《け》良叔問《らしゆくもん》にあてた手紙の句。いろりにチロチロ燃える火を眺める好もしいひととき。

「雨の降る日は」の句は無季。「あはれなり」は、気の毒だ。雨降りでは托鉢《たくはつ》もままならず食べ物にも困る、というのは表の意味。雨の日出かけると里人が雨やどりをすすめ、そのついでに墨書を書いてくれとせびるので、だから良寛坊が困る、と。

◈春夜《しゅんや》の情趣《じょうしゅ》――間庭百花発《かんていひゃっかひら》き

間庭百花発
餘香入此堂
相対共無語
春夜夜将央

間庭百花発《かんていひゃっかひら》き
餘香《よこう》此の堂《どう》に入《い》る
相対《あいたい》して共《とも》に語《かた》る無《な》く
春夜夜将《しゅんやよるまさ》に央《なか》ばならんとす

静《しず》かな庭《にわ》にはたくさんの花《はな》が咲《さ》きそろい、あふれる香《かお》りがこの座敷《ざしき》にまで漂《ただよ》ってくる。あなたと向《む》かい合《あ》っているが、この趣《おもむき》に心《こころ》を奪《うば》われて語《かた》ることもなく過《す》ごしていると、そのまま春《はる》の夜《よ》はふけてゆき、いつしか真夜中《まよなか》になろうとしている。

＊阿部《あべ》家横巻にあり、遺墨は美しい。
「間庭《かんてい》」は、渡部《わたべ》（新潟県燕市《つばめし》）の大庄屋《しょうや》だった阿部家の庭園である。「相対」の人

物は主人の定珍《さだよし》である。良寛は定珍と向かい合って詩を交わした。

越後《えちご》の春は、梅も椿も桜もほぼ同時に花が咲き、一斉に春がやってくる。定珍も「君と共に相語り、春夜忽《たちま》ち央《なか》ばを過ぐ。詩《し》酒無量《しゅむりょう》の処《ところ》、蛙《あ》声艸堂《せいそうどう》に近し」と返し、二人は暖かい春の夜、しばし言葉もなかった。時は静かに、ゆっくりと流れているさまが想像できる。

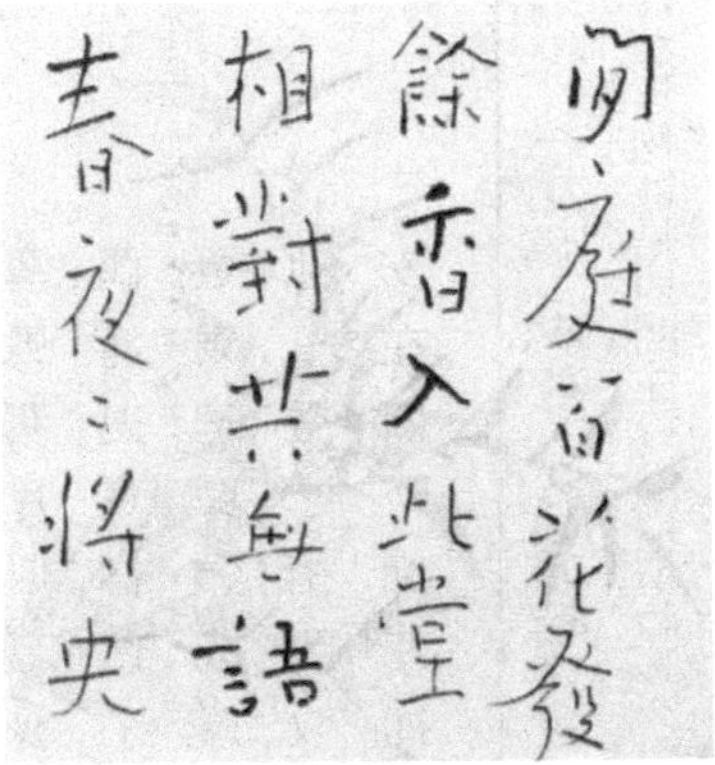

間庭百花発の遺墨

◈まがりの盲人《もうじん》に寄《よ》す——国上《くがみ》の下《ふもと》 乙子《おとこ》の森《もり》

国上《くがみ》の下《ふもと》 乙子《おとこ》の森《もり》
中《なか》に草庵《そうあん》有《あ》りて残年《ざんねん》を寄《よ》す
朱門黄閣《しゅもんこうかく》久《ひさ》しく住《す》むに懶《ものう》く
清風明月《せいふうめいげつ》 縁《えん》有《あ》るに似《に》る
偶《たまたま》児童《じどう》に逢《あ》ひ《イ》て毬子《きゅうし》を打《う》ち
更《さら》に逸興《いっきょう》に乗《じょう》じて頻《しき》りに篇《へん》を成《な》す
他日秀才《たじつしゅうさい》 相問取《あいもんしゅ》せん
安《いづ》《イズ》くにか在《あ》る旧時《きゅうじ》の痴兀禅《ちこつぜん》と

国上下兮乙子森
中有草庵寄残年
朱門黄閣懶久住
清風明月似有縁
偶逢児童打毬子
更乗逸興頻成篇
他日秀才相問取
安在旧時痴兀禅

国上山《くがみやま》のふもとにある乙子神社《おとこじんじゃ》は森《もり》に囲《かこ》まれ、その中《なか》に草《くさ》ぶきの庵《いおり》があって、そこで私《わたし》は余生《よせい》を送《おく》っている。りっぱな建物《たてもの》は長《なが》い間住《あいだす》むのに煩《わずら》わしく、すがすがしい風《かぜ》や明《あか》るい月《つき》といった自然《しぜん》こそ、私《わたし》には縁《えん》があるようだ。時《とき》おり子《こ》どもと出合《であ》って毬《まり》をつき、さらに風流《ふうりゅう》な思《おも》いがわけば、そのたびに詩《し》を作《つく》ったりする。このような私《わたし》であっても、いつかあなたは思《おも》い出《だ》して訪《たず》ねてくれるかもしれない。昔《むかし》のあの愚《おろ》かな禅坊主《ぜんぼうず》は、今《いま》ごろどのようにしているだろうかと。

✻詩題に「寄《よす》まがりの盲人《もうじん》」とある。
「まがり」とは、新潟市上曲通《かみまがりどおり》の地名。「盲人」は、ここでは医者の大関文仲のこと。「良寛禅師伝」を著わし、良寛の弟由之《ゆうし》と親交があった。「残年」は、余生。「痴兀禅《ちこつぜん》」は、愚かな禅坊主。ここでは良寛自身のこと。痴は道理にくらい、兀は無知。禅は禅門の僧侶《そうりょ》。文仲が「良寛禅師伝」を書いて称揚しようとしたので、自分はそのような人物ではないと、良寛が自分を卑下した内容の詩である。

◈維馨尼《いきように》を思《おも》う——春夜《しゅんやに》二三更《さんこう》等間柴門《とうかんさいもん》を出《い》づ

春夜二三更
等間出柴門
微雪覆松杉
孤月上層巒
思人山河遠
含翰思万端

春夜《しゅんやに》二三更《さんこう》
等間柴門《とうかんさいもん》を出《い》づ
微雪松杉《びせつしょうさん》を覆《おお》ひ《イ》
孤月層巒《こげつそうらん》に上《のぼ》る
人《ひと》を思《おも》へ《エ》ば山河《さんが》遠《とお》く
翰《かん》を含《ふく》めば思《おも》ひ《イ》万端《ばんたん》たり

春《はる》の真夜中《まよなか》に、ふらりと庵《いおり》から外《そと》へ出《で》てみた。さらりと降《ふ》り積《つ》もった雪《ゆき》が松《まつ》や杉《すぎ》の木立《こだ》ちを覆《おお》い、一輪《いちりん》の月《つき》が重《かさ》なり合《あ》った山《やま》の上《うえ》にのぼっている。はるかに遠《とお》く、山《やま》や川《かわ》を隔《へだ》てて江戸《えど》にいるあなたの尊《とうと》い志《こころざし》がしのばれ、筆《ふで》を持《も》つと思《おも》いがあふれて筆《ふで》が進《すす》まない。

✽詩題は「正月十六日夜」とある。文政《ぶんせい》二年（一八一九）正月、江戸にいる維馨尼《いきょうに》にあてた手紙に「月雪はいつはあれどもぬば玉の今日の今宵になほしかずけり」の歌とともに書き送ったもの。

「二《に》三更《さんこう》」は、現在の時刻では午後十時から午前二時までのころで、真夜中。「等閒《とうかん》」は、心にかけない。なにげなく。「柴門《さいもん》」は、柴《しば》で作った門。庵《いおり》の扉。「微雪」は、細かな雪。わずかな雪。「層巒《そうらん》」は、重なり合って連なる山々。「含翰《がんかん》」は、筆先を口に含むことから筆を執ること。「万端」は、種々さまざま、たくさんのことがら。

維馨尼の師虎《こ》斑和尚《はんおしょう》は、かねてから与《よ》板《いた》（新潟県長岡市）の曹洞宗《そうとうしゅう》徳昌寺に大蔵経《だいぞうきょう》購入の大願をたてていたが、資金に乏しくて莫大《ばくだい》な代金に届かなかった。そこで維馨尼は、資金調達のため江戸まで出向いて募金に協力した。これを知った良寛は文政元年（一八一八）十二月二十五日付で、江戸にいる維馨尼にあてた手紙をやり、次の詩を書き送っている。

君蔵経《きみぞうきょう》を求《もと》めんと欲《ほっ》し　遠《とお》く故園《こえん》の地《ち》を離《はな》る
吁嗟《ああ》吾《われ》何《なに》をか道《い》はん　天寒《てんさむ》し自愛《じあい》せよ

君欲求蔵経　遠離故園地
吁嗟吾何道　天寒自愛

（あなたは、師の大蔵経購入の費用を求めるため、遠く故郷を離れて江戸に出向かれた。ああ、私はあなたの尊い志に対し、何を申しあげようか。ともあれ寒い時節

である。どうか身体を大切にしてください）

その江戸行からまだ戻らない維馨尼にあてて、再び書き送った手紙が「正月十六日夜」の詩であり、それに添えた短歌である。

短歌のほうも鑑賞しよう。

月雪《つきゆき》は　いつはあれども　ぬばたまの　けふの今宵《こよひ》に　なほしかずけり

（月や雪はいつ見てもすばらしいが、今日という今日の今夜以上のすばらしい月や雪はないことよ）

維馨尼は、それから三年後の文政五年（一八二二）二月八日、五十八歳で死去した。良寛にとって維馨尼は真正の想い人ともいうべき女性であった。

晩年の島崎草庵

木村家正門

◈島崎《しまざき》へ転居《てんきょ》——あしびきのみ山《やま》を出《い》でて

老《お》いの身《み》の　老《お》いのよすがを　訪《とむら》ふ《ウ》と　なづさひ《イ》けらし　その山道《やまみち》を
もたらしの　園生《そのふ》《ソノウ》の木《こ》の実《み》　珍《めづら》《メズラ》しみ　三世《みよ》の仏《ほとけ》に　はつ奉《たてまつ》る
いかにして　君《きみ》いますらむ《ン》　このごろの　雪気《ゆきげ》の風《かぜ》の　日々《ひび》の寒《さむ》きに
あしびきの　み山《やま》を出《い》でて　うつせみの　人《ひと》の裏屋《うらや》に　住《す》むとこそすれ
しかりとて　すべのなければ　いまさらに　慣《な》れぬよすがに　日《ひ》を送《おく》り
つつ

年老《としお》いたあなたが、老《お》いた私《わたくし》の身《み》を寄《よ》せている国上《くがみ》の庵《いおり》を訪《たず》ねてくれたというが、身《み》も心《こころ》も漂《ただよ》うほどに行《い》き悩《なや》んだであろう途中《とちゅう》のあの山道《やまみち》を。

あなたが持《も》ってきてくれた庭《にわ》の木《き》の実《み》の柘榴《ざくろ》が珍《めずら》しいので、過去《かこ》・現在《げんざい》・未来《みらい》の仏《ほとけ》にまずお供《そな》えの物《もの》として差《さ》しあげたことだ。

どのようにして、このごろのあなたは過《す》ごしておられることだろう。この雪近《ゆきちか》いおりに吹《ふ》く風《かぜ》が、毎日寒《まいにちさむ》く感《かん》じられる時《とき》に。

私《わたくし》は長《なが》い間《あいだ》住《す》んでいた国上《くがみ》の山《やま》の庵《いおり》を出《で》て、村里《むらさと》の他人《たにん》の母屋《おもや》の裏《うら》にある小屋《こや》に住《す》むことにしたが、まだ住《す》みなれないままだよ。

そうであるからといって、どうしようもないので、今《いま》になっては住《す》みなれ

二　ていない身《み》の寄《よ》せ所《どころ》で、毎日《まいにち》を過《す》ごしていることよ。　二

✱良寛は文政《ぶんせい》九年（一八二六）十月に島崎（新潟県長岡市）の木村家邸内の庵《いおり》に移った。転居が急であったので、弟の由之《ゆうし》はそれを知らず乙子《おとこ》草庵《そうあん》を訪ねている。

由之は、訪ねた良寛がただ不在なだけと思い、隣家に置き手紙と柘榴《ざくろ》を預けてきた。それが遅くなってから良寛の手許《てもと》に届いた。これに返した十二月六日付の良寛の手紙には、六首連記の歌だけがある。その中から五首を引いた。

「老いの身」は老年。ここでは由之のこと。「老いのよすが」は、良寛の住んでいた乙子草庵。「なづさひ」は「なづさふ」（水に漂う）の連用形。「けらし」は過去の動作・状態を推定する。

「もたらしの」の歌の「園生《そのふ》」は、橘屋《たちばなや》山本家の庭。「木の実」は柘榴の実。「はつ」は「まづ」の誤用か。由之は生家の柘榴の実を届けてくれたのである。

「いかにして」の歌では、由之のその後の生活を案じて問いかけている。

「あしびきの」の歌では、国上《くがみ》の山の庵を出て、私は住みなれない他人の母屋《おもや》の裏に住んでいるよと、自分の消息を手短かに伝えた。「あしびきの」は「山」の枕詞《まくらことば》。「うつせみの」は「人」の枕詞。

「しかりとて」の歌は、今までの生活に比較すると、村里は何かにつけて窮屈に感じられると心理的な窮状を打ちあけている。「よすが」は、身を寄せる所。「つつ」は同じ動作の反復・継続の意を表わす。和歌の文末に用いられた場合は、後文が予想され、余情がこもる。

良寛が木村家に移ることをとりもったのは、五合庵《ごごうあん》から乙子草庵時代にかけての良寛にずっと師事し身のまわりの世話をした島崎出身の遍澄であった。

◈密蔵院《みつぞういん》にて——夜《よ》明《あ》くれば森《もり》の下庵《したいほ》

夜《よ》明《あ》くれば　森《もり》の下庵《したいほ》《イオ》　からす鳴《な》く　けふ《キヨウ》もうき世《よ》の　人《ひと》の数《かず》かも
大殿《おほとの》《オオ》の　森《もり》の木《こ》下《した》を　清《きよ》めつつ　きのふ《キノウ》もけふ《キヨウ》も　暮《く》らしつるかも

夜《よ》が明《あ》けたので、からすの鳴《な》き声《ごえ》が聞《き》こえてくる。この寺《てら》の森《もり》の下《した》に建《た》つ庵《いおり》の中《なか》で私《わたくし》は目《め》を覚《さま》したのだったが、今日《きょう》も生《い》きのびていてこの世《よ》の人《ひと》の数《かず》のうちに入《はい》っていることだよ。

この尊《とうと》いお堂《どう》の前《まえ》にある森《もり》の木《き》の下《した》を掃《は》き清《きよ》めながら、昨日《きのう》も今日《きょう》も、この森《もり》を慕《した》わしく思《おも》って過《す》ごしていることよ。

✻島崎の里の窮屈さを避けて、良寛は翌年の春から寺泊《てらどまり》の真言宗照明寺《しょうみょうじ》にある密蔵《みつぞう》院《いん》にこもり、修行僧のような生活に入った。そこでの生活詠が、二首連記のこの歌である。出所は自筆歌集『久賀美《くがみ》』。

「夜明くれば」の歌には詞書《ことばがき》「密蔵院にをりし時」がある。「うき世」は、この世。現世の。「森の下庵《したいほ》」は、寺泊（新潟県長岡市）の照明寺境内の庵室《あんしつ》、密蔵院のこと。「大殿《おほとの》の」の歌には「同じをり」と詞書がある。「大殿」は、この場合は照明寺本堂の観音堂をさす。「つつ」は反復・継続の接続助詞。「かも」は詠嘆の終助詞。

密蔵院はあくまで一時しのぎというつもりであった。ふたたび島崎の草庵《そうあん》に戻るときには「密蔵院を出でしをりに」（密蔵院をあとにしたときに）と詞書してこんな歌を詠《よ》んだ。

えにしあらば　またも住《す》みなむ　大殿《おほとの》の　森《もり》の下庵《したいほ》　いたく荒《あ》らすな

（何かの縁があったら、またここへやって来て住むことにしよう。この尊いお堂の前に茂る森の、その下に建つ庵《いおり》を、どうかひどく荒らさないでおくれ）

良寛は密蔵院を出て、ふたたび島崎の木村家邸内に戻ったが、そこには思いもかけない手紙と手まりが良寛を待っていた。

◈筆紙《ふでかみ》持たぬ身《み》——水茎《みづくき》の筆紙《ふでかみ》持たぬ

水茎《みづくき》《ミズ》の　筆紙《ふでかみ》持たぬ　身《み》ぞつらき　きのふ《キノウ》は寺《てら》へ　けふ《キヨウ》は医者《いしゃ》どの
筆《ふで》持《も》たぬ　身《み》はあは《ワ》れなり　杖《つゑ》《ツエ》つきて　けさもみ寺《てら》の　門叩《かどたた》きけり

文字《もじ》を書《か》くべき筆《ふで》や紙《かみ》など蓄《たくわ》えのない貧《まず》しい身《み》は、まことにつらいものだよ。昨日《さくじつ》はお寺《てら》へ、今日《きょう》はお医者《いしゃ》さまへと、借《か》りに行《い》かねばならない。

筆《ふで》を持《も》ち合《あ》わせていない身《み》は、まことにみじめなものである。今朝《けさ》も筆《ふで》を借《か》りるために、杖《つえ》をついて行《い》ってお寺《てら》の門《もん》をたたいたことよ。

✻島崎に移ってからというもの、里にいるせいか里人たちから書芸の要望が次から次へと寄せられる。また自分でも詩歌を書きたくとも、筆や紙に不自由するという状態

遺墨「指月楼」

になった。そのために、近くのお寺や医者など筆や紙を持っている有力者のところを訪ねたことが歌にも詠《よ》まれている。二首連記で同一紙に記された。「水茎《みづくき》の」は「筆」の枕詞《まくらことば》。「寺」は島崎の近くの浄土真宗隆泉寺《りゅうせんじ》か。隆泉寺は、木村家が大檀那《おおだんな》でもあり真宗の篤信家《とくしんか》でもあった。「医者どの」は、すぐ近くの桑原祐雪であろうか。

◈八千草《やちぐさ》を育《そだ》てる——手《て》もすまに植《う》ゑて育《そだ》てし

手《て》もすまに　植《う》ゑ《エ》て育《そだ》てし　八千草《やちぐさ》は　風《かぜ》の心《こころ》に　まかせたりけり

手《て》を休《やす》めることなく、私《わたし》が植《う》えて育《そだ》てた数多《かずおお》くの草《くさ》や花《はな》は、今吹《いまふ》いている風《かぜ》の思《おも》いのままにまかせたことだ。

✿島崎の木村家は、庭が広くて日当たりもいいので、良寛はたくさんの草花を育て丹《たん》精《せい》して楽しんでいた。この歌は木村家横巻にある。

「すまに」は、休めず。「八千草」は、たくさんの草や花。

この歌は、次の長歌の反歌《はんか》として添えられたものである。貞心尼《ていしんに》『はちすの露《つゆ》』は長歌に詞書《ことばがき》「天保元年五月大風《てんぽうぐわんねんごぐわつおほかぜ》の吹《ふ》きし時《とき》の御《おん》うた」(天保元年五月、大風が吹いた時の御歌)があり、たくさんの草花が被害に遭ったとわかる。

わが宿《やど》の　垣根《かきね》に植《う》ゑし　秋萩《あきはぎ》や　一本《ひともと》すすき　をみなへし　紫苑《しをに》撫子《なでしこ》　藤《ふぢ》ばかま

鬼《おに》の醜草《しこくさ》　抜《ぬ》き捨《す》てて　水《みづ》を運《はこ》びて　日覆《ひお》ひして　育《そだ》てしからに　たまぼこの　道《みち》もなきまで　はびこりぬ　朝《あさ》な夕《ゆふ》なに　行《ゆ》きもどり　そこに出《い》で立《た》ち　立《た》ちてゐて　秋《あき》待《ま》ち遠《どほ》に　思《おも》ひしに　時《とき》こそあれ　皐《さ》月《つき》の月《つき》の　二十日《はつか》まり　四日《よか》のゆふべの　大風《おほかぜ》の　きほひて吹《ふ》けば　あらがねの　土《つち》にのべ伏《ふ》し　ひさかたの　天《あめ》に乱《みだ》りて　ももちぢに　なりにしぬれば　門鎖《かどさ》して　足《あし》ずりしつつ　寝《い》ねぞしにける　いともすべなみ

（私の家の垣根に沿って植えた萩や、一株の薄《すすき》、女郎花《おみなえし》、紫苑《しおん》、撫子《なでしこ》、藤袴《ふじばかま》は、それらの間に生える鬼のように強い雑草を抜き捨てて、水を運んで日よけをして育てたから、道もなくなるまで伸びて茂ったのである。そこで朝となく夕となく行き来をし、そこに出て立ってながめ、立ったり座ったりして、花の咲く秋を待ち遠しく思っていたのに、ちょうどその時、五月の月の二十四日の夕方に、大風が勢いよく吹いたので、わざわざ植えておいた草花は、土の上に倒れ伏し、あるいは雨に乱れ飛んでちりぢりになってしまったので、戸を閉めて、くやしく情けなさに足踏みをするような思いのまま、寝ることにしたのだった。どうしようもないので）

◈雨乞《あまご》い歌《うた》――ひさかたの雨《あめ》も降《ふ》らなむ

あしびきの　山田《やまだ》の小父《をぢ》《オジ》が　ひめもすに　い行《ゆ》きかへ《エ》らひ《イ》　水《みづ》《ミズ》運《はこ》ぶ見《み》ゆ
手《て》もたゆく　植《う》うる山田《やまだ》の　乙女子《をとめご》《オトメ》が　唄《うた》の声《こゑ》《コエ》さへ《エ》　やや哀《あは》《アワ》れなり
ひさかたの　雨《あめ》も降《ふ》らなむ《ン》　あしびきの　山田《やまだ》の苗《なへ》《ナエ》の　かくるるまでに

山間《やまあい》の田《た》に稲《いね》を育《そだ》てる年寄《としより》の男《おとこ》の人《ひと》が、一日《いちにち》じゅう山《やま》の間《あいだ》を行《い》ったり来《き》たりして、桶《おけ》をかついで田《た》に水《みず》を運《はこ》ぶのが見《み》えることよ。

手《て》が疲《つか》れてだるそうに、山間《やまあい》の田《た》んぼで稲《いね》の苗《なえ》を植《う》えている娘《むすめ》たちが田植《たうえ》唄《うた》を歌《うた》う声《こえ》までが、ひどくかわいそうだ。

何《なん》とかして雨《あめ》が降《ふ》ってほしい。山間《やまあい》の田《た》に植《う》えた稲《いね》の苗《なえ》が、水《みず》にかくれるまでに。

✻文政《ぶんせい》十三年（一八三〇）夏の旱魃《かんばつ》に、雨の降るのを待ち切れず、農家が努力するさまに目を止め「雨乞《あまご》い歌」を詠《よ》む。「あしびきの」は「山」の枕詞《まくらことば》。「小父《をぢ》」は、年寄りの老人。「ひめもす」は、ひねもす。一日中。「たゆく」は、疲れてだるそうに。「やや」は、ひどく。かなりに。程度の大きい場合と小さい場合の両方に用いる。早乙女《さおとめ》たちの苦しい農作業に同情がこもる。

「ひさかたの」は「雨」の枕詞。「降らなむ」の「なむ」は、あつらえ望む意味の終助詞。降ってほしい。「あしびきの」は「山」の枕詞。『万葉集』にも「ひさかたの雨も降らぬか蓮葉《はちすば》に溜《た》まれる水の玉に似る見む」（巻一六）など、雨を待ちわびる祈りの歌がある。良寛はこれらをヒントに、農家の苦労を軽くしたいと祈願した。

◈盆《ぼん》おどり——風《かぜ》は清《きよ》し月《つき》はさやけし

いざ歌《うた》へ《エ》　我立《われた》ち舞《ま》はむ《ン》　ひさかたの　今宵《こよひ》《ヨイ》の月《つき》に　寝《い》ねらるべしや
風《かぜ》は清《きよ》し　月《つき》はさやけし　いざともに　を《オ》どり明《あ》かさむ《ン》　老《お》いの名残《なご》りに

さあ、あなたは歌《うた》いなさい。私《わたし》は立《た》って舞《ま》おう。今夜《こんや》の美《うつ》くしい月《つき》を見《み》ると、このまま寝《ね》ることができようか、いや寝《ね》ることはできないよ。
風《かぜ》はすがすがしい。月《つき》は明《あか》るい。さあ、私《わたくし》とともに踊《おど》り明《あ》かそう。この年《とし》老《お》いた今《いま》を心《こころ》に残《のこ》る思《おも》い出《で》とするために。

✻盆踊りの歌は木村家横巻や阿部《あべ》家横巻にある。陰暦七月十五日の前後には数日間を踊り明かす風習があった。良寛も近くの隆泉寺《りゅうせんじ》の鐘楼《しょうろう》のある広場で踊った。

★良寛逸話《りようかんいつわ》⑥——女装《じよそう》して盆踊《ぼんおど》り

解良栄重《けらよししげ》の『良寛禅師奇話』32段の話。

お盆の前後は、越後蒲原《えちごかんばら》地方では夜を徹して踊り明かすのが慣わしだった。誰でもが夢中に踊ったものである。良寛も踊るのが大好きで、手拭《てぬぐ》いで頬かぶりをして女装し、里人たちと一緒に踊った。里人は良寛と知っていながら、良寛のそばに立って言うことには、「この娘さんは器量よしで踊りも上手だね。どこの家の娘さんかな」と。良寛さんはこれを聞いてひそかに喜び、あとで人に自慢しながら「わしを見て、どこの家の娘かと聞かれたぞよ」と言ったと。

隆泉寺鐘楼

◈すすきの穂《ほ》――秋《あき》の日《ひ》に光《ひか》り輝《かがや》く

秋《あき》の日《ひ》に　光《ひか》り輝《かがや》く　すすきの穂《ほ》　これの高屋《たかや》に　登《のぼ》りて見《み》れば

秋《あき》の日射《ひざ》しのもとで光《ひか》り輝《かがや》いている薄《すすき》の穂《ほ》がこんなにもまぶしく見《み》える。この高《たか》い建物《たてもの》にのぼって見《み》おろすと。

✽詞書《ことばがき》に「高き屋に登りて」（高い建物にのぼって）とあり、出所は大島花束《かそく》『良寛全集』である。

「高屋」は、阿部定珍《あべさだよし》家の庭に建つ楼閣の嵐窓亭《らんそうてい》であろうか。ここまで歩いてきて、来た方角を高みから眺め下ろすと、まるで別の世界がひろがるように感じたその驚きを率直に詠《よ》みとめる。ただ「光り輝く」というだけで言い尽くしている。三句切れ倒置法による、さりげない傑作の歌ではないか。

◈秋《あき》の夜《よ》の思《おも》いやり——秋《あき》の夜《よ》もやや肌寒《はださむ》く

秋《あき》の夜《よ》も　やや肌寒《はださむ》く　なりにけり　独《ひと》りや君《きみ》が　明《あ》かしかぬらん
いかなるや　ことのあればか　吾妹子《わぎもこ》が　あまたの子《こ》らを　置《お》きて往《い》につる

秋《あき》の夜《よ》も、しだいに肌寒《はださむ》く感《かん》じられるようです。あなたはおひとりで、この長《なが》い秋《あき》の夜《よ》を過《す》ごすことができないでおられるのではありませんか。

どのようなことがあったのだろうか、私《わたし》のいとしい妻《つま》が多《おお》くの子《こ》どもをこの世《よ》に残《のこ》して亡《な》くなったとは。

✻地蔵堂《じぞうどう》（新潟県燕市《つばめし》）の大庄屋《しょうや》、富取正誠《とみとりまさのり》に捧《ささ》げた秋の夜の思いやりの歌。

「秋の夜も」の歌には詞書《ことばがき》「正誠《まさのり》が女《め》の身《み》まかりけりと聞《きき》て程《ほど》へて後詠《のちよみ》て遣《つかは》しける」（富取正誠の妻が亡くなったと聞いて、しばらくしてから詠《よ》んでおくった歌）がある。ひとり身になった正誠への思いやりが通う。

「いかなるや」の歌には詞書「又正誠《またまさのり》に代《か》はりて」（また富取正誠に代わって）とある。「吾妹子《わぎもこ》」は、いとしい女性。正誠の身になり代わって詠む。

★愛語《あいご》

祖師道元《どうげん》の『正法眼蔵《しょうぼうげんぞう》』に「愛語」がある。良寛はこれを率先して実践した。

その要点を現代語訳にすると、「愛語、というものがあります。相手をやさしく思いやる言葉、という意味です。それは、相手をやさしく思いやる愛の心から生まれてきます。「いかがですか……」と老いた人にはそんな愛語をかけてあげましょう。老いた人は、孤独な心を抱いています。そこから心の交流が始まります」。

◈蛍《ほたる》となりて——寒《さむ》くなりぬいまは蛍《ほたる》も

草《くさ》の上《へ》《エ》に　蛍《ほたる》となりて　待《ま》ちを《オ》らむ《ン》　妹《いも》が手《て》ゆ　黄金《こがね》の水《みづ》《ミズ》を　賜《たま》ふ《ウ》とい
は《ワ》ば
寒《さむ》くなりぬ　いまは蛍《ほたる》も　光《ひかり》なし　黄金《こがね》の水《みづ》《ミズ》を　誰《たれ》かたまはむ《ン》

草《くさ》の葉《は》の上《うえ》に蛍《ほたる》となって、私《わたし》は待《ま》っていましょう。優《やさ》しいあなたの手《て》から、黄金《こがね》の水《みず》ともいうべきお酒《さけ》をくださると言《い》うならば。

冬《ふゆ》に入《はい》って寒《さむ》くなってしまったよ。今《いま》は蛍《ほたる》も力《ちから》を失《うしな》

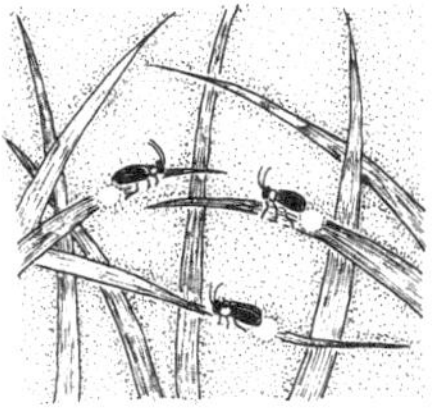

って光《ひかり》もない。あなたでなくて、誰《だれ》が私《わたし》に黄金《こがね》の水《みず》である貴重《きちょう》なお酒《さけ》をくださろうか、あなたのほかにはいないよ。

✽島崎に移ってからも良寛は、しばしば与板《よいた》まで杖《つえ》を引いて出かけた。酒造業を営んでいた親戚《しんせき》の山田家の勝手口に立ち、酒を恵んでもらうのを楽しみにした。そこでこの歌がある。

「草の上《へ》に」の歌は旋頭歌《せどうか》で、出所は由之《ゆうし》の『八重菊日記』から。「蛍《ほたる》」は、良寛が山田家を訪問するのがいつも夕方だったので、良寛につけられた綽名《あだな》。「妹《いも》」は、女性を親しんで用いる語。山田家当主の夫人、およし。「黄金《こがね》の水《みず》」は、江戸時代は「黄金水《おうごんすい》」は霊薬とされたが、ここでは酒。良寛が好んで使った。親しい山田家の夫人におねだりした歌である。

「寒くなりぬ」は、山田屋およしに与えた手紙にある。冬の日の蛍では、どこか哀調をおびていて同情をそそる趣がある。酒をねだるには絶好の殺し文句だ。

◈白雪《しらゆき》と白髪《しらが》――白雪《しらゆき》をよそにのみ見《み》て

白雪《しらゆき》を　よそにのみ見《み》て　過《す》ぐせしが　まさにわが身《み》に　積《つ》もりぬるかも
宵々《よひよひ》《ヨイヨイ》に　霜《しも》は置《お》けども　よしゑ《エ》やし　朝日《あさひ》に融《と》けぬ　年《とし》の端《は》に　雪《ゆき》は降《ふ》れども　よしゑ《エ》やし　春日《はるひ》に消《き》えぬ　しかすがに　人《ひと》のかしらに　降《ふ》りつめば　積《つ》みこそまされ　あらたまの　年《とし》は経《ふ》れども　消《き》ゆとはなくに

降《ふ》り積《つ》もる白《しろ》い雪《ゆき》を、直接《ちょくせつ》にはかかわりがないとばかりに見《み》て年月《ねんげつ》を過《す》ごしてきたが、今《いま》まさに私自身《わたしじしん》に降《ふ》り積《つ》もったようで、私《わたし》も髪《かみ》が白《しろ》くなったことだよ。

冬《ふゆ》になって、宵《よい》ごとに霜《しも》がおりるが、それはどうあろうとも、夜《よ》が明《あ》けると日《ひ》に融《と》けてしまう。また毎年雪《まいとしゆき》は降《ふ》るけれども、それはどうあろうとも、春《はる》になると日《ひ》に融《と》けて消《き》えてしまう。しかし、そうは言《い》うものの、人《ひと》の頭《かしら》に霜《しも》や雪《ゆき》のような白《しろ》いものが降《ふ》り積《つ》もると、それは積《つ》み重《かさ》なって、年《とし》がたっても消《き》えることがないものだよ。

＊「白雪を」の歌は詞書《ことばがき》に「年《とし》の果《は》てに鏡《かがみ》を見《み》て」（年末に鏡を見て）とあり、出所は自筆歌集『布留散東《ふるさと》』にある。「よそ」は、直接関係がないこと。「かも」は、詠嘆・感動の終助詞。雪の多い越後《えちご》にあって、雪は外に降ると思っていたのに、自分自身にも降り積もると知った驚きがある。

長歌「宵々《よひよひ》に」は、木村家横巻にある。

「よしゑやし」は、ままよ。たとえどうあったとしても。「年の端《は》」は、毎年。「しかすがに」は、そうはいうものの。そうではあるが。「あらたまの」は「年」の枕詞《まくらことば》。

白髪《しらが》のよってきたみなもとは何であるか。良寛はこれについて長歌を作った。この長歌と反歌は木村家横巻にある。

かけまくも　あやにたふとし　言《い》はまくも　畏《かし》きかも　ひさかたの　天《あめ》の命《みこと》の　みか

しらに　白髪生《しらかみお》ふる　あしたには　臣《おみ》を召《め》さしめ　白銀《しろがね》の　毛抜《けぬ》きを持《も》ちて　その髪《かみ》を　抜《ぬ》かし給《たま》ひて　白銀《しろがね》の　箱《はこ》に秘《ひ》め置《お》き　天伝《あまつた》ふ　日嗣《ひつぎ》の皇子《みこ》も　槻《つき》の木《き》の　いや継《つ》ぎ継《つ》ぎに　かくしつつ　い伝《つた》へますと　聞《き》くがともしさ

（心にかけることも、まことに恐れ多い。また口に出して言うことも恐れ多いことよ。それは、天の神の御頭《おかしら》に、白髪《しらが》が生えたので、朝早くおそばに仕《つか》える者をお呼びになり、銀で作った毛抜きを用いて、その髪をお抜かせになって、銀の箱にそっとしまって置き、世継ぎの御子《おこ》に伝えたところ、その御子もつぎつぎと伝え、このようにしながらお伝えになったと聞いたが、まことにうらやましいことよ）

白髪《しらかみ》は　おほやけものぞ　畏《かしこ》しや　人《ひと》のかしらも　避《よ》くと言《い》はなくに

（白髪は天の神のお与えになったもので、まことに恐れ多いことである。どの人の頭《かしら》も同じようにして、特別に避けて通るとは言わないことであるよ）

◈述懐《じゆつかい》の歌《うた》——いそのかみふるの古道《ふるみち》

いそのかみ　ふるの古道《ふるみち》　さながらに　み草《くさ》踏《ふ》み分《わ》け　行《ゆ》く人《ひと》なしに

古人《こじん》が大切《たいせつ》に守《まも》り育《そだ》てた、学芸《がくげい》や仏教《ぶつきよう》などの伝統《でんとう》の道《みち》はあるにはあるが、荒《あ》れはてて草《くさ》が生《お》いしげり、その道《みち》を踏《ふ》みわけて行《ゆ》く人《ひと》はいないのだ。

✻この歌は詞書《ことばがき》「述懐《じゆつくわい》の歌《うた》」(思いを述べる歌)があり、阿部定珍《あべさだよし》にあてた短歌一首だけの手紙である。「いそのかみ」は「ふる」の枕詞《まくらことば》。「古道」は、日本古来の学芸と仏教の伝統。「さながらに」は、そのままに。

この歌で良寛は、古来の道義がすたれようとしていることを嘆いている。良寛の生きた江戸時代の文化《ぶんか》・文政《ぶんせい》年間は文化の爛熟期《らんじゆくき》で、越後《えちご》から大金を持って江戸へおもむき、吉原《よしわら》の遊廓《ゆうかく》の大門《おおもん》を閉めさせて遊興にふける者もいた。

◈さざえの蓋《ふた》——世《よ》の中《なか》に恋《こほ》しきものは

世《よ》の中《なか》に　恋《こほ》《コオ》しきものは　浜辺《はまべ》なる　さざいの殻《から》の　蓋《ふた》にぞありける
荒磯《ありそ》海《み》の　沖《おき》つみ神《かみ》に　幣《まひ》《マイ》しなば　さざいの蓋《ふた》は　けだしあらむ《ン》かも

この世《よ》の中《なか》で何《なに》よりも恋《こい》しいものは、浜《はま》べにある栄螺《さざえ》の殻《から》についている珍《めず》らしい形《かたち》の蓋《ふた》であるなあ。
岩《いわ》が多《おお》くて波《なみ》の荒《あら》い海《うみ》の、その海《うみ》の沖《おき》を治《おさ》める神《かみ》に捧《ささ》げ物《もの》をしたならば、栄螺《さざえ》の蓋《ふた》はきっともたらされるであろうよ。

✻弟の由之《ゆうし》とやりとりした手紙にある歌。良寛は、ある人から塩入れをもらい、その蓋《ふた》に栄螺《さざえ》の蓋を流用したらよいと思い立ち、由之に「世の中に」の歌をやる。

由之はこれに対し、「海の神《わたつみ》に幣《まひ》してあさりてん君《きみ》が欲《ほ》りするさざいの蓋《ふた》は」（海の神《かみ》に捧《ささ》げ物をして探すしかないよ、あなたの欲しがる栄螺《さざえ》の蓋というのは）と歌で応《こた》えた。「荒磯海《ありそみ》の」の歌は、それへの返歌《へんか》で、良寛も由之の提案を受け入れた。兄弟のユーモアあふれる掛け合いの歌問答となった。

★戒語《かいご》

「愛語」は、聞く者の耳には快い。しかし、無自覚に人の心を傷つけ、不快にする態度や言葉遣いをこそ戒めなくてはと気づいたのが良寛の「戒語」である。

こころよからぬものは「ことばの多き・さし出ぐち・はやこと・問《と》はず語《がた》り」など。にくきものは「人まどはしのことといふ・人をあなどることといふ・人のかくすことといふ・人に傷つくることといふ・人を見かぎりたることといふ」など。つつしむべきものは「人のものいひきらぬうちにものいふ・かしましくものいふ・しんせつげにものいふ・にくきこころをもちて人を叱《しか》る」など。

◈塩之入《しおのり》の峠道《とうげみち》——塩之入《しほのり》の坂《さか》は名《な》のみに

越《こし》の浦《うら》　角田《かくだ》の海女《あま》の　朝凪《あさなぎ》に　いざなひ《イ》て汲《く》み　夕《ゆふ》《ユウ》凪《なぎ》に　こりて焼《や》く　てふ《チョウ》　塩《しほ》《シオ》之入《のり》の　坂《さか》はかしこし　上《うへ》《ウエ》見《み》れば　目《め》にも及《およ》ばず　下見《したみ》れば　魂《たま》も消《け》ぬべし　千《ち》里《さと》行《ゆ》く　駒《こま》も進《すす》まず　み空行《そらゆ》く　雲《くも》も憚《はば》かる　その坂《さか》を　よけく安《やす》けく　平《たひ》《タイ》らけく　墾《は》りけむ《ン》人《ひと》と　いかなるや　人《ひと》にまかせも　ちはやぶる　神《かみ》の詔《のり》かも　御《み》ほとけの　遣《つか》は《ワ》せるかも　ぬばたまの　夜《よる》の夢《ゆめ》かも　を《オ》つかも　かにもかくにも　言《い》は《ワ》む《ン》すべ　せむ《ン》すべ知《し》らに　塩《しほ》《シオ》之入《のり》の　坂《さか》に向《む》かひ《イ》て　千度《ちたび》を《オ》ろがむ《ン》

塩《しほ》《シオ》之入《のり》の　坂《さか》は名《な》のみに　なりにけり　行《ゆ》く人《ひと》しぬべ　よろづ《ズ》世《よ》までに

越後《えちご》の国《くに》にある角田《かくだ》の海辺《うみべ》の海女《あま》たちが、朝《あさ》の海《うみ》に吹《ふ》く風《かぜ》が穏《おだ》やかな時《とき》に、呼《よ》び合《あ》って海《うみ》の水《みず》を汲《く》み、夕方海《ゆうがたうみ》の風《かぜ》が穏《おだ》やかな時《とき》に、集《あつ》めて煮《に》て作《つく》るというその塩《しお》の、その名《な》を持《も》つ塩之入坂《しおのりざか》は、まことに恐《おそ》ろしい。上《うえ》を見《み》ると目《め》もとどかず、下《した》を見《み》ると魂《たましい》もきっと消《き》えるに違《ちが》いない。千里《せんり》をも行《ゆ》くすばらしい馬《うま》も進《すす》みかね、空《そら》をわたる雲《くも》も行《ゆ》きなやんでいる。そうした坂《さか》をぐあいよく、安《やす》らかに、また平《たい》らに直《なお》してくれたというお方《かた》は、どのようなお方《かた》であられるのだろうか。また神《かみ》のお告《つ》げによるのであろうかなあ。それともみ仏《ほとけ》がお遣《つか》わしになった人《ひと》であろうか。あるいは夜《よる》に見《み》た夢《ゆめ》か、目《め》の前《まえ》のできごとなのかなあ。とにかくも、言《い》いようがなく、してみようがないので、ただ塩之入坂《しおのりざか》に向《む》かって、千回《せんかい》も拝《おが》んで感謝《かんしゃ》することだ。

塩之入峠《しおのりとうげ》の坂《さか》が険《けわ》しいというのは、うわさだけになってしまったことよ。その坂道《さかみち》を行《ゆ》く人《ひと》は、通《とお》りやすく作《つく》り直《なお》してくれた方《かた》のことを、いつまで

＝もありがたく思《おも》って顧《かえり》みなさいよ。＝

✻長歌には詞書《ことばがき》「塩之入《しほのり》の坂《さか》を墾《は》ると聞《き》きて」（塩之入の坂を改修すると聞いたので）とあり、出所は自筆歌集『久賀美《くがみ》』である。

「塩之入の坂」は、新潟県長岡市の与《よ》板《いた》と島崎の間にある標高一一〇メートルの峠。現在はトンネルが通る。この歌の成立当時、良寛は島崎の木村家邸内の庵室《あんしつ》に、弟の由之《ゆうし》は与板に住んでいた。「越の浦」から「こりて焼くてふ」までは「塩」にかかる序詞《じょことば》である。「角田《かくだ》」は、新潟市角田《かくだ》浜《はま》。日蓮《にちれん》が佐《さ》渡《ど》に流された後、帰還した上陸地といわれる。「墾《は》りけむ人」は、越後与板藩主井《い》伊《い》直経《なおつね》を指す。「ちはやぶる」は「神」の枕詞《まくらことば》。「詔《のり》」は、お告げ。「ぬばたまの」は「夜」の枕詞。「塩之入の」の歌の出所は、上杉篤興《うえすぎあつおき》『木端集《こっぱしゅう》』にある。「しぬべ」は「しのべ」に同じ。思い慕う。「よろづ世」は、限りなく続く世。永遠。

与板と島崎を結ぶ塩之入坂は、文政《ぶんせい》十一年（一八二八）に与板藩の本与板と荒巻の庄屋《しょうや》による大改修が行われ、越えやすくなった。

◈三条大地震《さんじょうおおじしん》――うちつけに死《し》なば死《し》なずて

かにかくに　とまらぬものは　涙《なみだ》なり　人《ひと》の見《み》る目《め》も　しのぶばかりに

うちつけに　死《し》なば死《し》なずて　永《なが》らへ《エ》て　かかる憂《う》き目《め》を　見《み》るがわびしさ

あれこれと思《おも》い嘆《なげ》いて、とまらぬものは、流《なが》れ落《お》ちる涙《なみだ》である。どうしたのかと不思議《ふしぎ》そうに見《み》ている人《ひと》の目《め》から、隠《かく》れようと思《おも》うばかりに。

だしぬけに死《し》ねたらどれほどよかったろうに、死《し》なないで生《い》きながらえ、このようなつらい目《め》を見《み》るのは苦《くる》しいことよ。

＊三条大地震は、文政《ぶんせい》十一年（一八二八）十一月十二日（陽暦では十二月十八日午前八時ころ）に発生した。マグニチュード六・九の烈震で、死者千六百七名、負傷者千四百余名、倒壊家屋一万三千余軒、焼失家屋千七百七十軒、半壊家屋九千三百余軒もの被害が出た。江戸では瓦版《かわらばん》が「越後《えちご》三条消ゆ」と報じたほどで、その地震に際しての良寛の感慨である。

「かにかくに」は、あれこれと。ともかくも。良寛は漢詩に「世《よ》の軽靡《けいび》に移《うつ》る信《まこと》に馳《は》するが如《ごと》し」（世の中が浮わつきぜいたくになっていくさまは、まことに馬を走らせるような速さである）、「這度《このたび》の災禍《さいか》亦《ま》た宜《うべ》ならずや」（このようなありさまだから、こんどの災いが起きたのも、またもっともなことである）、「若《も》し此《こ》の意《い》を得《え》ば須《すべか》らく自《じ》省《せい》すべし」（もし私の言っている意味を理解したならば、すぐに自分を反省しなさい）と詠《よ》み、人心の堕落が災害を招いたと警告している。

「うちつけに」の歌は、阿部定珍《あべさだよし》からの見舞状の返書にある。「うちつけに」は、だしぬけに。同じ日付の山田杜皐《やまだとこう》あての手紙にも、「災難に逢《あふ》時節には、災難に逢がよく候。死ぬ時節には、死ぬがよく候。是《これ》ハこれ災難をのがるゝ妙法にて候」との文面とともに、「うちつけに」の歌が記されている。

◈貞心尼《ていしんに》と唱和《しょうわ》――つきてみよ一《ひ》二《ふ》三《み》四《よ》五《い》六《む》七《な》八《や》

これぞこの　仏《ほとけ》の道《みち》に　遊《あそ》びつつ　つきや尽《つ》きせぬ　御法《みのり》なるらむ《ン》
(貞心尼《ていしんに》)

つきてみよ　一《ひ》二《ふ》三《み》四《よ》五《い》六《む》七《な》八《や》　九《ここ》の十《とを》《トオ》　十《とを》《トオ》とを《オ》さめて　またはじまるを
(良　寛)

君《きみ》にかく　あい見《み》ることの　嬉《うれ》しさも　まだ覚《さ》めやらぬ　夢《ゆめ》かとぞ思《おも》ふ《ウ》
(貞心尼)

夢《ゆめ》の世《よ》に　かつまどろみて　夢《ゆめ》をまた　語《かた》るも夢《ゆめ》も　それがまにまに
(良　寛)

これがまあ、仏道《ぶつどう》に遊《あそ》びながら、ついてもつきない仏《ほとけ》の教《おし》えを体現《たいげん》する手《て》まりなのでしょうね。いずれ、お目《め》にかかり、まりつきによる仏法《ぶつぽう》の極意《ごくい》を教《おし》えてくださいませ。（貞心尼）

私《わたし》について、まりをついてみなさい。一二三四五六七八九十《ひいふうみいよいむなやここのとお》と、十《とお》で終《お》わり、また一《いち》から始《はじ》まるくり返《かえ》しに仏《ほとけ》の教《おし》えがこめられている。（良　寛）

師《し》の君《きみ》にはじめてこうやってお目《め》にかかり、嬉《うれ》しくていまだに覚《さ》めない夢《ゆめ》のような気持《きもち》です。夢《ゆめ》ならばやがて覚《さ》めるでしょうか。（貞心尼）

夢《ゆめ》のようなはかないこの世《よ》の中《なか》で、もううとうとと眠《ねむ》って夢《ゆめ》を見《み》、またその夢《ゆめ》を語《かた》ったり夢《ゆめ》を見《み》たりするのも、その成《な》り行《ゆ》きにまかせましょう。（良　寛）

✽貞心尼《ていしんに》『はちすの露《つゆ》』唱和篇のはじめにある歌で、詞書《ことばがき》に「師常《しつね》に手《て》まりをもて遊《あそ》び給《たま》ふときききて奉《たてまつ》るとて」(良寛師はいつも手まりを持ち歩かれ、子どもたちと遊ばれると聞き、手まりに歌を添《そ》え、さしあげようと思い)とある。「これぞこの」の歌とともに、貞心尼はこうして良寛の法弟となることを願い出た。文政《ぶんせい》十年(一八二七)の夏のことで、貞心尼は良寛よりも四十年若い尼僧であった。

良寛は春から寺泊《てらどまり》(新潟県長岡市)の密蔵院《みつぞういん》にこもっていて、貞心尼が訪ねた時は留守にしていた。その年の秋、島崎に戻った良寛は、木村家に預けてあった手まりと和歌を見て、「つきてみよ」の歌を返した。詞書は「御《おん》かへし」(御返歌)とある。「つき」は、「まりをつく」と「自分につく」の二つの意がある。貞心尼の申し出をすべて良寛は受け入れると意思表示したのである。

やがて貞心尼は島崎の草庵《そうあん》に訪ねて来て、良寛に面会した。「君にかく」の歌は、詞書で「はじめてあい見奉《みたてまつ》りて」(はじめてお目にかかって)と、良寛に会えた嬉《うれ》しさで夢のようだと率直に詠《よ》む。

良寛はそれに返す歌で、世の中のことも人生もみな夢の世界です、一緒に夢を見ようではありませんかと優しく応対している。

◆音信《おんしん》を待《ま》つ——君《きみ》や忘《わす》る道《みち》やかくるる

君《きみ》や忘《わす》る　道《みち》やかくるる　このごろは　待《ま》てど暮《く》らせど　音《おと》づ《ズ》れのなき

あなたが私《わたくし》のことを忘《わす》れたのか、草《くさ》のために道《みち》が隠《かく》れてしまったのか、近《ちか》ごろはあなたのことばかり待《ま》って日《ひ》を過《す》ごしているのに、何《なん》の知《し》らせもないことだ。

＊貞心尼《ていしんに》『はちすの露《つゆ》』唱和篇の続き。詞書《ことばがき》は「ほどへてみ消息《せうそこ》給《たま》はりけるなかに」（しばらくして、お師匠さまがお手紙をくださったなかに）とある。「音づれ」は、音信。知らせ。貞心尼は尼僧であったが、風来坊のような良寛とちがい、島崎から約十六キロメートル離れた長岡近く福島村の閻魔《えんま》堂《どう》の庵主《あんじゅ》で何かと忙しかった。これに続けて貞心尼は、良寛との逢《お》う瀬の時間のとれない事情を便りで知らせた。

◈からす問答《もんどう》——いづこへも立《た》ちてを行《ゆ》かむ

いづ《ズ》こへも　立《た》ちてを行《ゆ》かむ《ン》　明日《あす》よりは　からすてふ《チョウ》名《な》を　人《ひと》の付《つ》くれば
(良　寛)

山《やま》がらす　里《さと》にい行《ゆ》かば　子《こ》がらすも　いざなひ《イ》て行《ゆ》け　羽根《はね》よわくとも
(貞心尼《ていしんに》)

誘《いざな》ひ《イ》て　行《ゆ》かば行《ゆ》かめど　人《ひと》の見《み》て　あやしめ見《み》らば　いかにしてまし
(良　寛)

鳶《とび》はとび　雀《すずめ》はすずめ　鷺《さぎ》はさぎ　烏《からす》はからす　何《なん》かあやしき
(貞心尼)

明日《あす》からは、どこへでも飛《と》び立《た》ってゆこう。烏《からす》という名《な》をみなさんがつけてくれたので。（良　寛）

山《やま》の烏《からす》のお師匠《ししょう》さまが次《つぎ》の里《さと》にいらっしゃるなら、子烏《こがらす》の私《わたし》も誘《さそ》ってお出《で》かけください。子烏《こがらす》ですから、羽根《はね》は弱《よわ》く、お師匠《ししょう》さまの足手《あしで》まといとなりましょうが、足手《あしで》まといとなりましても。（貞心尼《ていしんに》）

あなたを誘《さそ》って行《い》くというなら、行《い》ってもよいのだが、他人《たにん》がわれわれを見《み》て変《へん》に思《おも》ったなら、どうしようか。（良　寛）

鳶《とび》は鳶同士《とびどうし》、雀《すずめ》は雀同士《すずめどうし》、鷺《さぎ》は鷺同士《さぎどうし》、烏《からす》は烏同士《からすどうし》で仲《なか》よく行《い》くのに、何《なに》が変《へん》でしょう。（貞心尼）

＊貞心尼《ていしんに》『はちすの露《つゆ》』唱和篇の続き。

「いづこへも」の歌は長文の詞書《ことばがき》で「ある時《とき》　与板《よいた》の里《さと》へ渡《わた》らせ給《たま》ふとて　友《とも》どちのもとより知《し》らせたりければ　急《いそ》ぎまうでけるに　明日《あす》ははや異方《ことかた》へ渡《わた》り給《たま》ふよし人々《ひとびと》なごり惜《を》しみて物語《ものがた》り聞《きこ》えかはしつ　打《うち》とけて遊《あそ》びけるが中《なか》に　君《きみ》は色黒《いろくろ》く衣《ころも》も黒《くろ》ければ　今《いま》よりからすとこそ申《まを》さめ　と言《い》ひければ　げによく我《われ》にはふさひたる名《な》にこそ　と打《うち》わらひ給《たま》ひながら」（あるとき、お師匠さまが与板の里にいらっしゃっていると、友人のもとから知らせてきたので、私はいそいで与板へ参上したところ、明日はもう別の所へいらっしゃるとのことで、里の人々が別れを惜しんで、あれこれお話を申しあげては、お引きとめしていた。くつろいで楽しんでいる人たちのなかに、良寛さまは日焼けして肌色が黒く、墨染の衣も黒いので、「これからはカラスの君と申しましょう」といったところ、「なるほど、カラスとはわたしにぴったりの名ですね」とにっこりされながら）と。良寛は、自分のことをカラスと名づけてもらったと喜び、歌ではどこへでも飛んで行くぞ、とはしゃぐ。

　貞心尼は、詞書に「とのたまひければ」（と歌でお述べになったので）と置き、子ガラスの私も連れて行ってくれと歌で頼んでいる。

　これを受けて良寛は、「御《おん》かへし」（御返歌）として、一緒に歩くのもいいのだが、男と女の組み合わせは他人が見て変なのではと、しばらくはためらい顔。

そこで貞心尼は「御《おん》かへし」（御返歌）と歌で反論する。トビはトビ同士で、スズメはスズメ同士で、サギはサギ同士で仲よく行くのに、カラスはカラス同士で、ちっともおかしくはありませんよ、と。貞心尼に一本取られた形である。

貞心尼のブロンズ像
（柏崎ソフィアセンター前）

◈逢《あ》いたくて——あづさ弓春《ゆみはる》になりなば

あづさ弓《ゆみ》　春《はる》になりなば　草《くさ》の庵《いほ》を　とく出《で》て来《き》ませ　逢《あ》ひたきものを
いついつと　待《ま》ちにし人《ひと》は　来《き》たりけり　いまは相見《あひみ》て　何《なに》か思《おも》はむ

暖《あたた》かい春《はる》になったならば、庵《いおり》を出《で》て早《はや》く私《わたし》の所《ところ》へ来《き》てください。あなたの顔《かお》が見《み》たいなあ。

いつ来《く》るか、いつ来《く》るかと待《ま》っていた人《ひと》は、とうとうやって来《き》たなあ。今《いま》はこのように逢《あ》うことができて、現世《げんせ》になにも思《おも》い残《のこ》すことはない。

✻貞心尼《ていしんに》『はちすの露《つゆ》』唱和篇は続く。
「あづさ弓」は「春」の枕詞《まくらことば》。病状が重くなった良寛は、しばらくしてから貞心尼に歌をやった。それが「あづさ弓」の歌である。とても逢《あ》いたい。すぐにでも逢いたいとの切実な思いが伝わってくる。

「いついつと」の歌にも長文の詞書《ことばがき》で「かくて　師走《しはす》の末《すゑ》つ方《かた》　俄《にはか》に重《おも》らせ給《たま》ふ由《よし》人《ひと》のもとより知《し》らせたりければ　打《うち》おどろきて急《いそ》ぎまうで見奉《みたてまつ》るに　さのみ悩《なや》ましき御気色《みけしき》にもあらず　床《とこ》の上《うへ》に座《ざ》しゐ給《たま》へるがおのが参《まゐ》りしをうれしとやおもほしけん」（こうして、陰暦十二月も末のころ、急にご病気が重くなられたと、木村家の関係の人が知らせてきたので、驚いて急遽《きゆうきよ》参上してお師匠さまにお目にかかると、それほど苦しんでおられるご様子でもなく、床のうえに座っておられたが、私が参上したのをうれしいと思われたのだろうか）と。

詞書の「師走の末つ方」は、天保《てんぽう》元年（一八三〇）十二月の末のころ。文政《ぶんせい》十三年は十二月十日に年号が改まり天保元年となる。「重らせ給ふ由」は、病気が重くなられたと。「さのみ悩ましき御気色にもあらず」は、さほど苦しんでおられるご様子でもなく。「いついつと」は、いつ来るか、いつ来るかと。待ちに待った貞心尼がやって来た姿を見て、良寛は「思い残すことはない」と詠《よ》んだ。

◈弥陀《みだ》の誓《ちか》いに――愚《おろ》かなる身《み》こそなかなか

愚《おろ》かなる　身《み》こそなかなか　うれしけれ　弥陀《みだ》の誓《ちか》ひ《イ》に　会《あ》ふ《ウ》と思《おも》へ《エ》ば
心《こころ》もよ　言葉《ことば》も遠《とほ》く《トオ》　とどかねば　はしなく御名《みな》を　唱《とな》へ《エ》こそすれ

愚《おろ》かなる自分《じぶん》の心《こころ》こそ、かえってうれしいことだ。阿弥陀仏《あみだぶつ》が人々《ひとびと》を救《すく》ってくださるというもともとの誓《ちか》いに、めぐりあえると思《おも》うと。

極楽浄土《ごくらくじょうど》におられる阿弥陀仏《あみだぶつ》にも、心《こころ》も言葉《ことば》も遠《とお》くてとどかないので、ふと阿弥陀仏《あみだぶつ》の御名号《おんみょうごう》の南無阿弥陀仏《なむあみだぶつ》を唱《とな》えてしまったことであるよ。

＊二首ともに、晩年に寄寓《きぐう》した木村家横巻にある。一首目には詞書《ことばがき》に「本願《ほんがん》を信《しん》ずる人《ひと》のために詠《よ》める」（阿弥陀仏《あみだぶつ》の救いを信じる人

のために詠む）とある。「弥陀の誓ひ」は、阿弥陀仏が阿弥陀様自身を信ずる人ならば必ず救ってくださるという、阿弥陀仏本来の誓願のこと。

良寛は、愚かなことを考える自分の心に気づき、いやそれならば阿弥陀様にすべてお任せすれば、阿弥陀様が必ずや救ってくださるのだ、阿弥陀様の立てられた誓願にめぐりあうことができるのだと思うとありがたい、と詠んでいる。

二首目の「もよ」は、感動の意を表わす助詞。「はしなく」は、ふと。はからずも。「御名」は、南無《なむ》阿弥陀仏の名号。良寛は自力の曹洞禅《そうとうぜん》を修行した僧だが、晩年に浄《じょう》土真宗《どしんしゅう》の篤信家《とくしんか》である木村家に寄寓して、他力の阿弥陀信仰にも理解を示した。弥陀仏礼讃《らいさん》の歌はいくつかある。

かにかくに　ものな思《おも》ひそ　弥陀仏《みだぶつ》の　本《もと》の誓《ちか》ひの　あるにまかせて（あれこれと物思いにとらわれないようになさい。それよりも、阿弥陀仏が衆生《しゅじょう》を救うという本の誓いをお示しなされたのにお任せして、日々を努めなさい）、我《われ》ながら　うれしくもあるか　御《み》ほとけの　います御国《みくに》に　行《ゆ》くと思《おも》へば（私のことながら、うれしいことであるよ。み仏のおられる極楽浄土に、行くことができると思うと）

◈死病《しびよう》の苦《くる》しみ——この夜《よ》らのいつか明《あ》けなむ

ぬばたまの　夜《よる》はすがらに　くそまり明《あ》かし　あからひく　昼《ひる》は厠《かはや》《カワヤ》に
走《はし》りあへ《エ》なくに
この夜《よ》らの　いつか明《あ》けなむ《ン》　この夜《よ》らの　明《あ》けはなれなば　おみな来《き》
て　ばりを洗《あら》はむ《ン》　こいまろび　明《あ》かしかねけり　ながきこの夜《よ》を

暗《くら》い夜《よる》は、夜通《よどお》しずっと下痢《げり》をして明《あ》かし、明《あ》かるい昼《ひる》は厠《かわや》へ走《はし》っても、間《ま》に合《あ》わないことだなあ。

今日《きょう》の夜《よる》は、いつ明《あ》けようか。今日《きょう》の夜《よる》がすっかり明《あ》けたなら、病気《びょうき》の世《せ》話《わ》をしてくれる年老《としお》いた女性《じょせい》が来《き》て、下《しも》の物《もの》を洗《あら》ってくれよう。それまでは、転《ころ》げ回《まわ》り、夜《よ》を明《あ》かすことができないでいる、この長《なが》い冬《ふゆ》の夜《よる》を。

✽二首とも、弟の由之《ゆうし》にあてた詠草《えいそう》にある。「ぬばたまの」の歌は旋頭歌《せどうか》。「ぬばたまの」は「夜」の枕詞《まくらことば》。「すがらに」は、ずっと。「くそまり」は、大便をして。「あからひく」は「昼」の枕詞。「なくに」は、詠嘆的打消の意。死病の苦しみに、ころげまわって苦しみもだえている様子が手にとるように伝わってくる歌である。

「おみな」は、年老いた女性。「ばり」は、小便のかかった汚物。「こいまろび」は、転げ回って。寒くて長い冬の夜を病魔と闘いながら夜明けを待つ良寛は、こういう状況も歌に詠《よ》む。

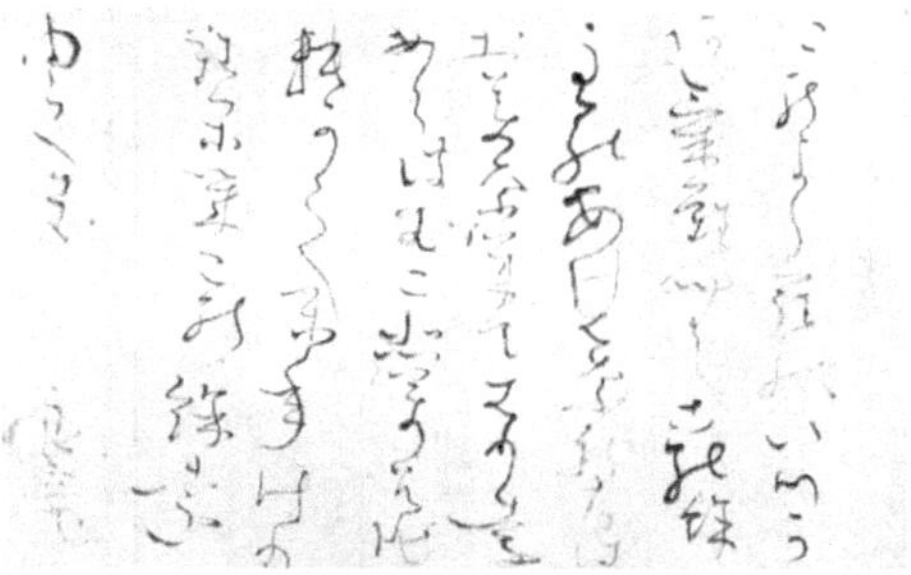

長歌「このよらの」

◆辞世《じせい》の歌《うた》——形見《かたみ》とて何残《なにのこ》すらむ

形見《かたみ》とて　何残《なにのこ》すらむ《ン》　春《はる》は花《はな》　夏《なつ》ほととぎす　秋《あき》はもみぢ《ジ》葉《ば》

私《わたくし》の亡《な》くなった後《あと》の思《おも》い出《で》の品《しな》として、何《なに》を残《のこ》したらよいだろう。春《はる》は花《はな》、夏《なつ》はほととぎす、秋《あき》はもみじの葉《は》であるよ。

＊出所は由之《ゆうし》の『八重菊日記』。この歌は辞世の歌とされるが、作歌の月日はよくわからない。道元《どうげん》の歌集『傘松道詠《さんしょうどうえい》』に「春は花夏ほととぎす秋は月冬雪さえて冷《すず》しかりけり」がある。春は花の咲き競う季節で、夏はホトトギスが鳴き誇り、秋は月を愛《め》でる好季節。そして雪が降り散る冬は清澄な空気に恵まれることである。

良寛はその道元の歌の意を受けて、その恵まれた自然の四季の姿をそのまま形見としたい、この自然の恵みの心を大切に歌いつげよ、心豊かに生きよと辞世の歌とした。

◆末期《まつご》の一句《いっく》――うらを見《み》せおもてを見《み》せて

手《て》ぬぐひ《イ》で　年《とし》をかくすや　盆踊《ぼんをど》《オド》り
湯《ゆ》もらひ《イ》に　下駄《げた》音《おと》高《たか》き　冬《ふゆ》の月《つき》
うらを見《み》せ　おもてを見《み》せて　散《ち》るもみぢ《ジ》

老《お》いた身《み》であっても、手《て》ぬぐいを女《おんな》かぶりにして年《とし》を隠《かく》してわからないようにしながら、盆踊《ぼんおど》りの輪《わ》に入《はい》って踊《おど》りを楽《たの》しもう。

近《ちか》くの家《いえ》にもらい風呂《ぶろ》をするため外《そと》に出《で》た。冬《ふゆ》の月《つき》を眺《なが》めながら、下駄《げた》の音《おと》を高《たか》く響《ひび》かせ喜《よろこ》んで歩《ある》いて行《い》くことだ。

紅葉《もみじ》が、裏《うら》を見《み》せ表を見せしてひらひらと散《ち》るように、私《わたし》も喜《よろこ》びと悲《かな》しみ、長所《ちょうしょ》や短所《たんしょ》など人生《じんせい》の裏《うら》も表《おもて》もさらけ出《だ》しながら、死《し》んでいくことだ。

✻「手ぬぐひで」は季語「盆踊」で夏。良寛は盆踊りが大好きで、島崎に移ってからは近くの隆泉寺境内《りゅうせんじけいだい》で催される盆踊りの輪の中に入って踊った。女装して、手ぬぐいを女かぶりにして年を隠したつもりらしい。

「湯もらひに」は季語「冬の月」で冬。近所の家へ入浴させてもらいに、下駄《げた》をはいて出かけた。下駄をはいたのは、島崎が里の家だったから。もらい風呂《ぶろ》の気軽さで下駄の音さえ弾《はず》んで聞こえると。

「うらを見せ」は季語「もみぢ」で秋。出所は貞心尼《ていしんに》『はちすの露《つゆ》』で良寛の末期の一句。同書は「こは御《おん》みづからのにはあらねど時にとりあひのたまふいとたふとし」（この発句は御自身の作ではないけれど、そのおりにかなって口ずさまれ、たいそうご立派である）とする。

◈筆硯《ひっけん》の因縁《いんねん》――吾《われ》と筆硯《ひっけん》と何《なん》の縁《えん》か有《あ》る

吾与筆硯有何縁
一回書了又一回
不知此事問阿誰
大雄調御天人師

吾《われ》と筆硯《ひっけん》と何《なん》の縁《えん》か有《あ》る
一回書《いっかいか》き了《おわ》りて又《また》一回《いっかい》
知《し》らず此《こ》の事《こと》阿誰《たれ》にか問《と》は《ワ》ん
大雄調御天人師《だいおうじょうごてんにんし》

私《わたし》と筆《ふで》や硯《すずり》と、どんなゆかりがあるのか。一回書《いっかいか》き終《お》わったのに、またもう一回《いっかい》と頼《たの》まれる。このゆかりについて私《わたし》は知《し》らない。いったい誰《だれ》に尋《たず》ねたら教《おし》えてくれるだろう。これを知《し》っているのは、仏陀《ぶつだ》だけである。

✻この詩は、遺墨の詠草《えいそう》にある。
「縁」は、因縁《いんねん》。ゆかり。「阿誰《たれ》」は、だれ。阿は親しみをこめた接頭語。「大雄調御《だいおうじょうご》天人師《てんにんし》」は、仏のこと。『法華経《ほけきょう》』に「爾時《にじ》有仏《ゆうぶつ》、号日月灯明《ごうにちがつとうみょう》如来《にょらい》、応供《おうぐ》、正遍知《しょうへんち》、明行足《みょうぎょうそく》、善逝《ぜんせい》、世間解《せけんげ》、無上士《むじょうし》、調御丈夫《ちょうごじょうぶ》、天人師《てんにんし》、仏世尊《ぶつせそん》」とある。如来以下を如来の十号という。大雄も仏のこと。

良寛は、もとはといえば布施《ふせ》の一環として自作の詩歌を書いて里の人たちにさしあげていた。その書があまりにも流麗ですばらしいので、引く手あまたとなり、良寛の顔を見るや次から次へと書の揮毫《きごう》を頼まれた。人々からの書の依頼に困り果てた良寛のつぶやきである。

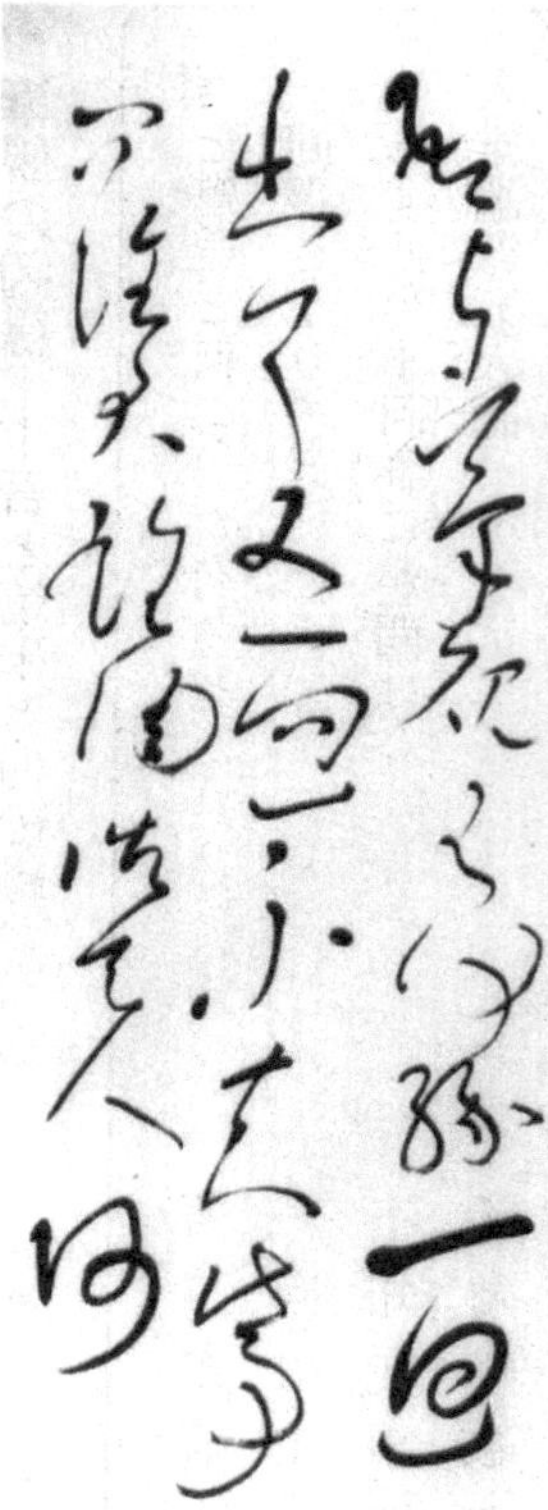

名筆「吾与筆硯有何縁」

◈冬夜長《とうやなが》し——冬夜長《とうやなが》し冬夜長《とうやなが》し

冬夜長《とうやなが》し　冬夜長《とうやなが》し
冬夜悠悠《とうやゆうゆう》　何《いず》れの時《とき》にか明《あ》けん
灯《とう》に焔《ほのお》無《な》く　炉《ろ》に炭《すみ》無《な》し
只《た》だ聞《き》く枕上《ちんじょう》　夜雨《やう》の声《こえ》

冬夜長兮冬夜長
冬夜悠悠何時明
灯無焔兮炉無炭
只聞枕上夜雨声

冬《ふゆ》の夜《よる》は長《なが》い。冬《ふゆ》の夜《よる》はまことに長《なが》い。冬《ふゆ》の夜《よる》は長《なが》くつらいのに、いつになったら明《あ》けるのであろう。ともしびの火《ひ》も消《き》え、炉《ろ》の炭火《すみび》もなくなった。ただ枕《まくら》もとに聞《き》こえるものは、夜《よる》に降《ふ》り続《つづ》く雨《あめ》の音《おと》だけである。

＊詩題を「冬夜長」とし、三首連記の「冬夜長三首」の第一首。「悠悠《ゆうゆう》」は、時の長いこと。憂え悩む様子をいう。「枕上《ちんじょう》」は、枕《まくら》もと。上はそばの意。

続く二首はこのようなものである。

老朽夢覚《ろうきゆうゆめさ》め易《やす》し、覚《さ》め来《きた》りて空堂《くうどう》に在《あ》り。堂上一盞《どうじよういつさん》の灯《ひ》、挑《かか》げ尽《つ》くせども冬夜長《とうやなが》し。

（老い衰えた身にとって、夜の夢は覚めやすい。夢が覚めてみれば、人けのないひっそりした部屋にただひとりでいる。部屋の中にあるひとつの灯《ともしび》をかきたて終わっても、冬の夜は長くて明けようともしない）

一《いっ》に思《おも》ふ少年《しようねん》の時《とき》、書《しよ》を読《よ》んで空堂《くうどう》に在《あ》り。灯火数《とうかしばしば》油《あぶら》を添《そ》ふれども、未《いま》だ厭《いと》はず冬《とう》夜《や》の長《なが》きを。

（若い時をふりかえってみると、人けのないひっそりとした部屋で、よく本を読んでいた。灯《ともしび》にたびたび油をつぎたして夜おそくまで読書をしていたが、少しも冬の長さが苦にならなかったのに、老い衰えた今となっては、まことに冬の夜は長くやり切れないことだ）

高齢になると目覚めやすくなる。まして病床であれば、絶え間なしに不快感があって、なおのこと目が覚めやすい。冬の夜は長い、という実感において、老年の現在と若かった時との間に、大きな相違のあることを述べた。若い時に持っていた気力、体力、意欲がまったく失われてしまったと嘆く。

◈草庵雪夜作《そうあんせつやさく》――回首《かいしゅ》す七十有余年《しちじゅうゆうよねん》

回首《かいしゅ》す七十有余年《しちじゅうゆうよねん》
人間《じんかん》の是非《ぜひ》看破《かんぱ》に飽《あ》く
往来《おうらい》の跡《あと》幽《かす》かなり深夜《しんや》の雪《ゆき》
一炷《いっしゅ》の線香《せんこう》古窓《こそう》の下《もと》

回首七十有餘年
人間是非飽看破
往来跡幽深夜雪
一炷線香古窓下

これまで生《い》きてきた七十数年《しちじゅうすうねん》を振《ふ》りかえってみると、世《よ》の中《なか》の善悪《ぜんあく》を見抜《みぬ》こうとすることにも飽《あ》きてしまったよ。夜《よ》ふけまで降《ふ》りつもる雪《ゆき》で、行《い》き来《き》する道《みち》も見《み》えなくなろうとしている。ただ一本《いっぽん》の線香《せんこう》だけが、古《ふる》びた窓《まど》のそばでゆらめいていることだ。

✻詩題を「草庵雪夜作《そうあんせつやさく》」とする遺墨にある。
「草庵」は、島崎（新潟県長岡市）の木村家邸内の庵《いおり》。「是非《ぜひ》」は、正しいとか間違っているとか。よい悪い。「看破《かんぱ》」は、本質を見抜く。「往来《おうらい》」は、行き来する。「一炷《いっしゅ》」は、線香の一本。香の一たき。「下」は、そば。近く。

良寛は文政《ぶんせい》九年（一八二六）十月に島崎の木村家邸内に入った。六十九歳の時である。この詩は木村家邸内での冬の感慨であろう。禅僧は十年ごとに、それとなく遺偈《いげ》を書き残す。そこでこの詩は、七十歳を過ぎた時の遺偈で、文政十年の冬か同十一年のものであろう。「往来跡」は良寛の過ごしてきた人生を、「一炷線香」はまもなく尽きようとする自分の命を象徴したものである。

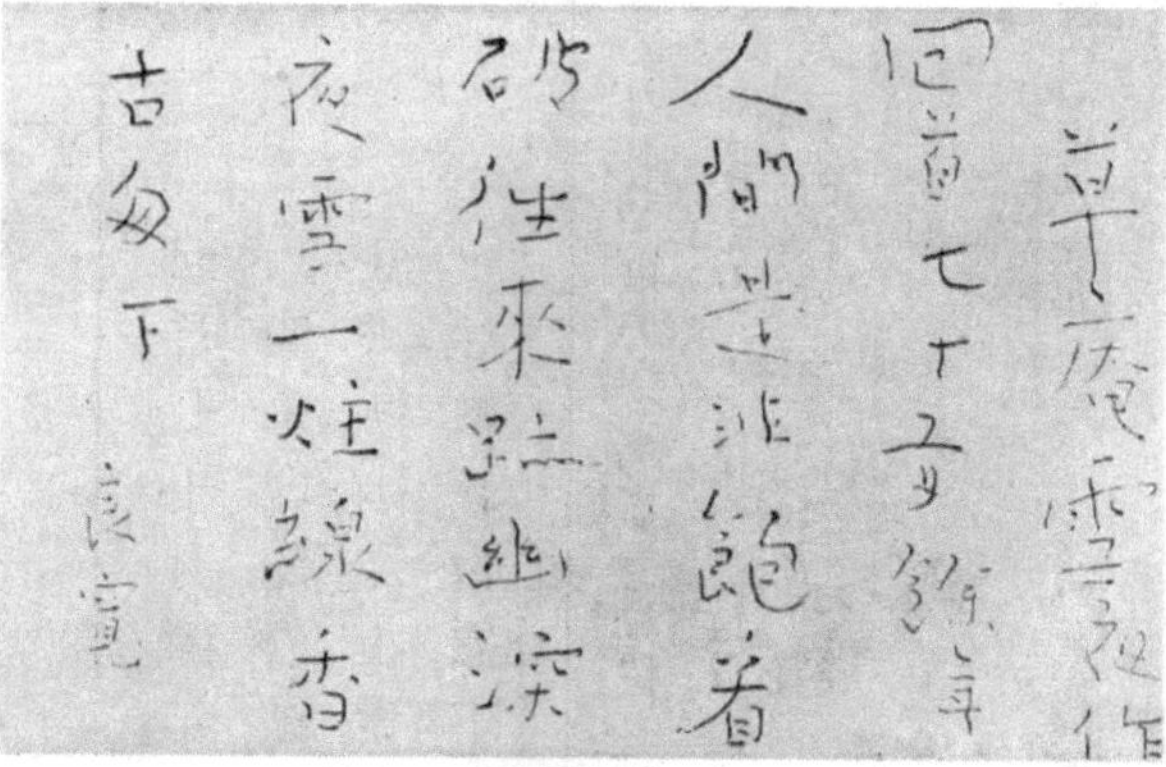

草庵雪夜作

付　録

参考図書――もっとくわしく勉強したい方に

『良寛文献総目録』谷川敏朗、象山社、二〇〇二
『定本良寛全集』（全三巻）内山知也・谷川敏朗・松本市壽、中央公論新社、二〇〇六―二〇〇七
『良寛伝記考説』高橋庄次、春秋社、一九九八
『良寛の生涯と逸話』谷川敏朗、恒文社、一九八四
『良寛という生きかた』松本市壽、中央公論新社、二〇〇三
『良寛の生涯その心』松本市壽、考古堂書店、二〇〇三
『定本良寛書蹟大系』（全一〇巻）全国良寛会、教育書籍、一九九〇
『良寛の書の世界』小島正芳、恒文社、一九八七
『校本良寛歌集』横山英、考古堂書店、二〇〇七

初句索引

本書掲載の良寛の和歌・俳句・漢詩（同一の場合二句または三句まで）を中心に、歴史的仮名遣いの五十音順で示した。**俳**は俳句を表す。数字はページを表す。

あ行

な行

は行

ま行

や行

ら行

わ行

良寛略年譜

西暦	年号	齢	良寛関連事項
一七五八	宝暦8	1	出雲崎の橘屋山本家の長男に生まれる。幼名は栄蔵。父は泰雄（俳号以南）23歳。母おのぶ24歳。
一七六〇	10	3	妹むら（長女）生まれる。牧野忠精生まれる。
一七六二	12	5	弟泰儀（次男、俳号由之）生まれる。
一七六四	明和元	7	大森子陽の学塾三峰館に入塾。以南は町名主となる。
一七七四	安永3	17	三峰館をやめ、関根家の娘と結婚するが半年で離婚。
一七七五	4	18	名主見習役となる。七月十一日、以南は栄蔵を立ち会わせ敦賀屋長兵衛の不始末を叱責。十八日、栄蔵は家出。
一七七九	8	22	五月、尼瀬の光照寺に来錫した玉島円通寺の国仙により得度し良寛となる。国仙に随行して円通寺で修行生活。
一七八三	天明3	26	四月二十九日、母おのぶ没、享年49。
一七八五	5	28	四月、亡母三回忌に帰郷。十月、観音院の宗龍に面会。

一七八六	6	29	以南は隠居し、弟由之が25歳で町名主となる。
一七九〇	寛政2	33	国仙から印可の偈を受ける。
一七九一	3	34	三月、国仙没、享年69。五月、大森子陽没、享年54。
一七九四	6	37	土佐で近藤万丈と会見したか。
一七九五	7	38	七月二十五日、以南は京都桂川に投身自殺、享年60。
一七九六	8	39	帰郷の途につく。糸魚川で病臥。郷本の空庵に仮住。
一七九七	9	40	国上山の五合庵に入るか。原田鵲斎らと交流。
一七九八	10	41	貞心尼生まれる。
一八〇四	文化元	47	弟の由之、使途不明金で出雲崎町民に訴えられる。
一八〇七	4	50	中山の西照坊に仮寓。親友の三輪左市没、享年47。
一八〇八	5	51	知友の有願没、享年71。敦賀屋長兵衛没、享年60。
一八〇九	6	52	亀田鵬斎とこのころから交流。
一八一〇	7	53	解良栄重生まれる。十一月、由之に家財取上げ所払いの判決が下り橘屋は消滅。
一八一一	8	54	由之は石地に隠棲。良寛は詩集『草堂集貫華』を作る。
一八一二	9	55	歌集『ふるさと』成る。橘崑崙『北越奇談』が刊行。

一八一六	13	59	遍澄が法弟となる。乙子神社の草庵に移る。
一八一九	文政2	62	七月、牧野忠精と対面か。阿部定珍の『万葉集』に朱注。
一八二二	5	65	維馨尼没、享年58。米沢藩見聞の旅に出る。
一八二五	8	68	貞心尼、長岡在の福島閻魔堂に来る。
一八二六	9	69	国上山を下り島崎の木村家に移住。
一八二七	10	70	夏は密蔵院に仮住。秋、貞心尼が良寛を訪ねる。
一八二八	11	71	歌巻『くがみ』成る。十一月、三条大地震の詩歌作る。
一八三〇	天保元	73	夏より病臥。腹痛下痢ひどくなる。
一八三一	2	74	貞心尼と最後の歌の唱和。一月四日、由之来る。一月六日午後四時ごろ没。八日、葬儀。
一八三三	4		「良寛禅師墓」建立。三周忌追善法会。
一八三四	5		弟の由之没、享年73。
一八三五	6		貞心尼編『はちすの露』成る。
一八四七	弘化4		解良栄重『良寛禅師奇話』成る。
一八七二	明治5		貞心尼、柏崎にて没、享年75。

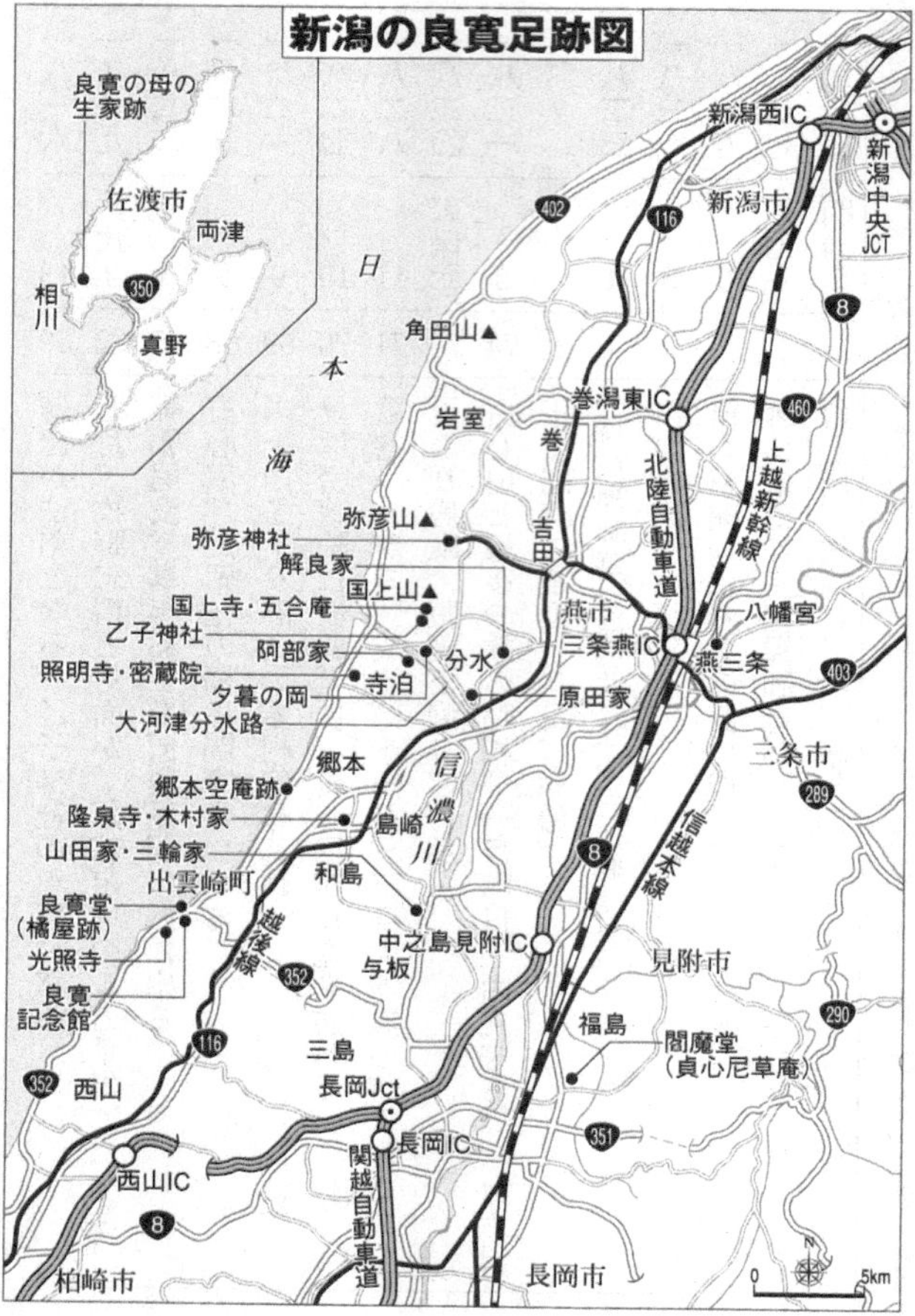

新潟の良寛足跡図
良寛の母の生家跡
佐渡市
両津
相川
350
真野
日本海
角田山▲
岩室
巻
弥彦山▲
弥彦神社
解良家
吉田
国上山▲
国上寺・五合庵
乙子神社
阿部家
照明寺・密蔵院
寺泊
分水
夕暮の岡
大河津分水路
燕市
三条燕IC
原田家
郷本
郷本空庵跡
隆泉寺・木村家
島崎
信濃川
山田家・三輪家
出雲崎町
和島
良寛堂（橘屋跡）
光照寺
良寛記念館
越後線
352
中之島見附IC
与板
116
三島
352
西山
長岡Jct
長岡IC
西山IC
関越自動車道
8
柏崎市
長岡市
新潟西IC
新潟中央JCT
402
116
新潟市
8
巻潟東IC
460
北陸自動車道
上越新幹線
八幡宮
燕三条
403
三条市
289
信越本線
8
見附市
290
福島
閻魔堂（貞心尼草庵）
351
0
5km
N

ビギナーズ・クラシックス 日本《にほん》の古典《こてん》

良寛《りょうかん》

旅《たび》と人生《じんせい》

松本市壽《まつもといちじゅ》＝編

平成21年 4月25日　初版発行
令和7年 9月10日　12版発行

発行者●山下直久

発行●株式会社KADOKAWA
〒102-8177　東京都千代田区富士見2-13-3
電話　0570-002-301（ナビダイヤル）

角川文庫 15670

印刷所●株式会社KADOKAWA
製本所●株式会社KADOKAWA

表紙画●和田三造

ISBN978-4-04-407206-3　C0192

角川文庫発刊に際して

角　川　源　義

第二次世界大戦の敗北は、軍事力の敗北であった以上に、私たちの若い文化力の敗退であった。私たちの文化が戦争に対して如何に無力であり、単なるあだ花に過ぎなかったかを、私たちは身を以て体験し痛感した。西洋近代文化の摂取にとって、明治以後八十年の歳月は決して短かすぎたとは言えない。にもかかわらず、近代文化の伝統を確立し、自由な批判と柔軟な良識に富む文化層として自らを形成することに私たちは失敗して来た。そしてこれは、各層への文化の普及滲透を任務とする出版人の責任でもあった。

一九四五年以来、私たちは再び振出しに戻り、第一歩から踏み出すことを余儀なくされた。これは大きな不幸ではあるが、反面、これまでの混沌・未熟・歪曲の中にあった我が国の文化に秩序と確たる基礎を齎らすためには絶好の機会でもある。角川書店は、このような祖国の文化的危機にあたり、微力をも顧みず再建の礎石たるべき抱負と決意とをもって出発したが、ここに創立以来の念願を果すべく角川文庫を発刊する。これまで刊行されたあらゆる全集叢書文庫類の長所と短所とを検討し、古今東西の不朽の典籍を、良心的編集のもとに、廉価に、そして書架にふさわしい美本として、多くのひとびとに提供しようとする。しかし私たちは徒らに百科全書的な知識のジレッタントを作ることを目的とせず、あくまで祖国の文化に秩序と再建への道を示し、この文庫を角川書店の栄ある事業として、今後永久に継続発展せしめ、学芸と教養との殿堂として大成せんことを期したい。多くの読書子の愛情ある忠言と支持とによって、この希望と抱負とを完遂せしめられんことを願う。

一九四九年五月三日